는 것은

다 너를 닮았다

개정판

글 · 사진 김지영

예쁜 것은
다 너를 닮았다

푸른향기

예쁜 것을 닮은 당신이
행복했으면 좋겠습니다.
진심입니다.

개정판을 내면서

처음 『예쁜 것은 다 너를 닮았다』가 세상에 나왔을 때는 여행을 막 끝낸 이후였다. 그때의 나는 일상에 적응하지 못해 이리저리 치이고 아팠다. 당연히 글에도 자신이 없었다. 나 역시 종이책에서 전자책 앱으로 넘어갔던 터라 판매에 큰 기대도 없었다. 하지만 중쇄를 찍고, 번역이 되어 해외에서 출판이 되고, 이렇게 개정판까지 나오게 되었다니 믿기지 않는다. 사실 아무도 보지 않는 휴대전화 메모장에 끄적이는 것을 가장 좋아하는 나지만, 글이라는 것은 읽는 사람이 있어야 쓰일 수 있다는 것을 잘 알고 있다. 내 진심을 알아준 모든 독자분께 감사하다.

치료사를 완전히 그만두고 글을 쓰는 일을 한다. 원하는 것을 쓰는 것과 해야 해서 쓰는 것은 큰 차이가 있다. 하지만 나는 더 이상 마음도 몸도 아프지 않다. 이것이 전업해서인지, 내가 큰마음을 갖게 되어서인지는 잘 모르겠다. 어느 쪽이든, 나는 내게 맞는 일을 찾은 것에 감사하다.

예쁜 것은
다 너를 닮았다

책 속에 자주 등장하던 진우와는 결혼했다. 내가 고른 오답에 남몰래 동그라미 쳐주는 따뜻한 사람과의 삶은 큰 이벤트가 없어도 조용히 행복하다. 진우는 심술 맞고 구겨져 있는 나를, 양보하고 희생하는 데 익숙하지 않은 이기적인 나를 착해지고 싶게 만드는 재주를 가졌다. 좋은 사람의 옆에서 내가 꾸준하게 좋은 사람이 되어가고 있음에 감사하다.

삼십 대가 되고도 몇 년이나 지난 지금, 내 삶은 여행 전과 크게 다르지 않다. 하지만 내가 겪고 보고 느낀 것은 도망가지 않고 내 곁에 남아 나를 위로하고 응원한다. 내 담담한 글이 당신에게도 위로와 응원이 되면 좋겠다. 세상의 모든 예쁜 것은 분명하게 다, 당신을 닮았으니.

나는 행복해지기로 했다

그것은 조금도 다를 게 없는 날의 일이었다.

치매환자 P님은 날이 갈수록 폭력적인 성향을 보이셨다. 몇 개월 차 신입치료사인 나는 그런 P님이 버거웠다. 아무에게도 환영받지 못하는 것이 어쩐지 나와 비슷해 보여 내가 맡은 환자 중 유난히 신경이 쓰이는 분이었다. 평소엔 욕설에서 그치던 것이 그날은 결국 내 **뺨**으로 손이 날아왔다. 볼이 발갛게 달아올랐다. 악의가 담기지 않은 손짓임을 알기에 나는 아프지 않았다.

부어오른 뺨을 감싸 쥔 채 다른 이의 아픔을 만져냈다. 언제나 나보다 남이 우선이었다. 감기를 앓아도 쉴 수 없었다. 주머니 속 꼬깃꼬깃 접힌 휴지에 코를 풀었고, 이마에 맺힌 식은땀을 소매로 닦아냈다. 내가 아픈 건 감히 환자들에 비할 바가 아니었다. 오전엔 누군가의 어깨가 아팠고, 오후엔 어떤 이의 허리가 아팠다. 이러다가 내가 영원히 나를 돌볼 수 없을 거라는 생각에 이르자 나는 아팠다.

내가 어리고 경력이 없다는 이유로 힘든 것이, 당연한 게 아니었다. 내가 아픈 사람들을 위해 일한다는 이유로, 함께 혹은 대신 아파야 마땅한 게 아니었다. 아프고 힘들어야만 하는, 고생하고 상처받아야만 하는 청춘은 어디에도 없다. 모두가 그렇게 산다고 하여 그것이 맞는 삶이라는 확신이 없었다.

우리 집은 누구보다 열심히 달렸으나 꾸준히 가난한 축에 속했다. 똑똑한 머리를 가지지 못한 탓인지 죽어라 공부를 하고도 목표하던 대학입시에 실패했다. 작업치료사로 작은 재활병원에서 하루 평균 15명의 환자들을 치료하며, 고된 업무에 비해 터무니없이 적은 연봉을 받았다. 막내인 내가 사용할 수 있는 연차는 일 년에 세 개뿐이었다. 오랫동안 마음을 나누었던 사람과 이별을 했다. 열정이 두둑해서 통장이 얕았다. 다들 사는 게 바빠 내 투정을 들어줄 사람이 없었다. 오늘도 어제와 똑같은 날이 반복되었고, 내일도 오늘과 다를 게 없으리라는 것을 알았다. 피곤에 절어 잠이 들며 꿈을 잃었다.

　나는 조금도 특별하지 않았고 용감하지 않았다. 어디에도 행복이 없었다. 그저 의식주 해결이 삶의 목표가 되어버린 평범한 대한민국의 청년이었다.

　12월 중순, 바닥까지 얼어버린 한겨울의 어느 날.

　저녁도 먹지 못한 채 병원 스터디를 끝내고 늦은 퇴근을 하던 어느 날.

　도저히 서 있을 기운이 없었는데 이 지하철 칸 안에 내가 앉을 자리 하나 없었던 어느 날.

　참을 새도 없이 눈물이 펑펑 나와서 급하게 고개를 숙였음에도 힐끔거리는 시선을 받아내야 했던 어느 날.

　나는 뉴욕으로 가는 항공권을 예매했다.

　나는, 행복해지기로 했다.

예쁜 것은
　　다 너를 닮았다

차 례

| 뉴욕에 내린 소나기

크리스마스면 늘 집에서 「나 홀로 집에」를 봤다. 요즘은 홀로 크리스마스를 보내는 젊은이를 놀릴 때나 들먹이는 영화지만, 어려서는 「나 홀로 집에」를 봐야만 크리스마스를 제대로 보낸 것 같은 느낌이었다. 뉴욕을 꿈꾼 것은 그때부터였다.

자연보다 도시가 더 좋은 어린 서울깍쟁이에게 이보다 더 완벽한 여행지는 없었다. 화려하고 휘황찬란한 그 도심으로 단 한 번이라도 들어가 보고 싶었다.

그리고 그 꿈은 「어거스트 러쉬」를 본 후로 완전해졌다. 나는 반드시 뉴욕을 가야만 했다.

세계일주를 결심하고 바로 뉴욕으로 가는 비행기 표를 끊었다. 교통비를 아끼려면 아시아권으로 출발하는 것이 유리하지만, 내가 여행을 한다면 그 시작은 뉴욕이어야 했다. 왜인지 꼭 그래야만 할 것 같았다.

예쁜 것은
다 너를 닮았다

18일 오후 인천에서 출발해 베이징에서 하루 묵은 후 19일 오전, 뉴욕으로 출발하는 비행기였다. 나는 비행기 경유를 한 번도 해본 적이 없고, 시차를 고려할 줄도 모르는 초보여행자였다. 하루를 자고 다시 하루를 꼬박 날아가니 고민의 여지없이 20일에 숙소를 예약해두었다. 그런데 베이징에서 출발하는 비행기를 올라타고 나서야 내가 19일에 뉴욕 땅을 밟는다는 사실을 알아버렸다. 찔끔 눈물이 났지만, 시작부터 울어선 안됐다. 나는 창밖의 구름을 바라보며 눈을 가늘게 떴다.

 비행기를 잘 갈아탔고, 무사히 입국심사를 했고, 7일짜리 교통권도 구매했다. 지하철을 타기 위해 목적지가 쓰인 플랫폼까지 단번에 찾아갔다. 때맞춰 지하철도 들어왔다. 콧노래를 흥얼거리며 열차에 올라탔다. '비행기 도착시각도 제대로 볼 줄 모르는 주제에.'라는 생각은 잊은 지 오래였다. 대신 '제법 베테랑 여행자 같은데?' 하며 남몰래 어깨를 으쓱였다.

 "뉴욕 지하철 더럽다던데 완전 기차 같네!"

 평일 낮이라 그런지 지하철엔 사람이 없었다. 우리나라의 KTX처럼 깔끔했다. 한 정거장을 지났을 때 검표원이 다가와 말을 걸었다. 나는 1월 1일 새벽에 담배를 사는 스무 살짜리처럼 당당하게 공항에서 구매한 7일짜리 교통권을 내밀었다.

 "NO."

 그는 고개를 저으며 손에 든 종이뭉치를 흔들어 보였다. 얼핏 보아도 그것이 이 열차의 티켓임을 알 수 있었다. 그는 이것은 기차이니 따로 티켓을 끊어야 한다는 내용으로 추정되는 말을 계속해서 늘어놓았다. 정확히 알아듣진 못했지만 나는 그가 요구한 8천 원 정도의 돈을 군말 없이 지급했다.

지하철로 갈아탈 수 있는 정류장에서 내렸다. 지하철을 타기 위해서는 교통카드를 찍고 폐쇄형 회전 개찰구를 통과해 지나가야 했다. 회전문 형태의 동그란 수동문은 카드 태그 한 번에 반 바퀴가 돌아간다. 제아무리 마른 사람이라도 두 명이 동시에 지나가기엔 비좁았다. 그러니 내게 업혀있는 뚱뚱한 배낭이 나와 함께 들어가는 것은 불가능했다. 첫 번째 시도에 실패하자 이제 문은 움직이지 않았다. 나는 한번에 통과하기 위해 배낭을 재정비한 후 다시 카드를 찍었다.

"삐빅— 삐빅—"

카드와 기계의 사이에서 누가 들어도 '작동되지 않음'을 뜻하는 소리가 났다.

"삐빅— 삐빅—"

"삐빅— 삐빅—"

세 번째, 네 번째 카드를 찍었을 때도 마찬가지였다. 억지로 문을 밀어 보았지만 꿈쩍도 하지 않았다.

내 상상 속에서나 존재하던 진짜 뉴요커들이 커피 한 잔씩을 들고 내 옆을 빠르게 지나쳐갔다. 제 몸만 한 짐을 메고 있는 거북이 한 마

예쁜 것은
다 너를 닮았다

리는 눈에 보이지도 않는다는 듯. 뉴욕의 4월은 한겨울처럼 추웠는데, 등은 땀으로 흥건했다.

"Ex, Excuse me."

작은 얼굴에 그보다 세 배쯤 부풀려진 노랑머리의 여자에게 용기 내 말을 걸었다. 파란색 눈에 제멋대로 꼬불거리는 머리카락. 각진 옆선과 마른 몸. 그녀를 선택한 이유는 케리 러셀(「어거스트 러쉬」 주인공의 어머니)을 닮아서였다.

"What?"

그녀는 어물쩍거리는 나를 무섭게 내려다보았다. 잘못 골랐다. 케리 러셀이라기엔 눈빛이 너무 차가웠다. 글썽거리는 눈과 손에 든 교통카드, 큰 배낭을 멘 동양인. 내가 원하는 건 말하지 않아도 너무 또렷했다. 그녀는 날치기처럼 내 손에서 교통카드를 낚아채더니 기계에 가져다 댔다.

"삐빅– 삐빅–"

기계는 여지없이 내 교통카드를 거부했다. 그녀는 고개를 한 번 갸우뚱한 후 내 손에 카드를 다시 쥐어주고는 야속하게 개찰구 안으로 들어갔다.

비행기에서부터 참았던 눈물이 왈칵 쏟아져 나왔다. 지하철 플랫폼이 있을 것이라 예상되는 곳으로부터 버스커의 색소폰 소리가 들려왔다. 나는 비둘기 똥으로 얼룩진 역 계단에 주저앉았고, 마음이 안정될 때까지 하염없이 울었다.

7일 동안 무제한으로 사용할 수 있었던 교통권에는 제한시간이 있었다. 여러 명이 함께 사용하는 것을 방지하기 위한 것이었다. 그 당연하고도 뻔한 사실을 왜 떠올리지 못했을까. 한참 뒤 역 안으로 들어가 지하철을 기다리는 동안 이 열차의 종착역이 쌍문역이길 진심으로 바랐다.

미리 찍어둔 지도를 보며 숙소까지 무작정 걸었다. 타야 할 버스를 우물쭈물 물어보고 눈총을 받느니 20kg의 배낭을 멘 채 1.6km를 걷는 것이 편했다. 날이 급격히 흐려지더니 목적지가 500m 정도 남았을 때 후두둑 비가 떨어지기 시작했다.

한 번 쏟아지고 그치는 소나기여야 했다. 이 비가. 이 순간이.

예쁜 것은
다 너를 닮았다

|가족의 거리

넉넉한 살림은 아니었으나, 두 살 터울의 오빠는 뚜렷한 목표와 욕심이 있는 사람이었다. 전역 후 토플 점수 하나만 들고 무작정 유학길에 올라 부유한 집안의 자제들 사이에서 아르바이트와 공부를 병행했다. 그리고 기어코 목표하던 미국의 명문대 진학에 성공했다. 엄마는 발표가 나던 날 새벽까지 오빠의 전화를 기다리며 밤을 새웠다.

미국 대학의 졸업식은 한국보다 훨씬 더 크고 화려했으며 중요한 행사였다. 부모님은 졸업식에 참석하기 위해 애틀랜타로 오고 있는 참이었다. 날짜에 맞춰 나도 뉴욕에서 비행기를 탔다.

졸업식이 진행되는 커다란 광장에서 우수학생에게만 주어지는 노란색 메달을 목에 건 오빠의 이름이 울려 퍼지자, 엄마는 결국 눈물을 쏟으셨다. 욕심만큼 누릴 수 없었을 오빠에게 늘 미안해하던 엄마다. 이후 졸업식이 진행되는 내내 아이처럼 우셨다. 나는 엄마의 손을 꼭

잡았다.

애틀랜타를 떠나 미국의 최남단 마이애미까지 우리는 성대한 가족여행을 치렀다. 혼자일 때와는 또 다른 행복이었다.

마이애미에서 편도 4시간 거리에 있는 미국의 땅끝마을 키웨스트는 작지만 평화롭고 조용한 아름다운 동네였다. 나는 양쪽으로 부모님을 끼고, 평소였다면 하지도 않았을 시답잖은 이야기를 하며 해안가를 걸었다.

"엄마, 이런 길이 계속된다면 나는 3시간 동안 마냥 걷기만 할 수 있어."

그 말에 엄마는 나를 한참 쳐다보셨다. 그러곤 갑자기 오른손을 들어 손바닥을 활짝 펴 보이셨다.

"난 5시간."

엄마의 고향은 대한민국의 땅끝인 해남이다. 연휴가 길어질 때면 우리는 여행 대신 해남을 다녀왔다. 엄마에게 여행이란 나에게 빨래나 청소 같은 단어가 붙어있는 것만큼이나 어색하고 이상한 일일 것이나, 미국의 땅끝마을에서 나는 비로소 내가 엄마를 닮았다는 사실을 알았다.

어느 날 갑자기 잘 다니던 직장을 그만두고 세계일주를 떠나겠다는 베짱이 딸래미 때문에 억장이 무너지셨을 엄마 아빠는 함께 여행하는 동안 철부지 소녀와 소년처럼 웃고 또 웃으셨다.

이번 여행으로 아빠는 딸의 팔꿈치 안쪽에 작은 점이 있다는 사실을 알았고, 엄마는 딸의 발바닥에 흉이 있다는 걸 알았다. 나는 아빠의 기침이 작년보다 훨씬 심해졌다는 것과 엄마의 수술한 다리가 왼쪽 다리라는 것을 알았다. 그렇게 우리는 또 두 뼘쯤 가까워졌다.

예쁜 것은
다 너를 닮았다

| 뽕망치의 행운

포르투 버스정류장에 도착했지만 시내까지 가는 방법을 몰랐다. 미리 받아놓은 지도에 의존해 무작정 걸었다. 지도에 저렴하다는 표시가 붙은 호스텔들을 하나씩 다 들러보았다. 대부분의 방들이 이미 차 있었고, 비어있어도 가격을 더 불러 적당한 곳이 없었다. 별 수 없이 좁은 포르투의 언덕을 꽤 오래도록 걸었다.

이상하게도 호스텔을 찾아 걸어오는 동안, 거리 곳곳에서 뽕망치를 사고파는 모습을 여러 번 목격했다.

"도대체 왜 이런 길 한복판에서, 도대체 어째서 뽕망치를 팔고 있는 걸까?"

"아니, 파는 건 좋아. 왜 저걸 사는 거야?"

그러는 동안 지나가는 현지인에게 두 번이나 뽕망치를 맞았다.

처음 나를 때린 사람은 연세가 지긋하신 할아버지였다. 이제는 귀가

예쁜 것은
다 너를 닮았다

많이 망가져버린 우리 외할아버지의 또래쯤 되어 보였다. 뭔가 머리에 살짝 닿았다 떨어지는 느낌을 받고 뒤를 돌아보았다. 뽕망치를 든 할아버지는 재미있어 죽겠다는 듯 히죽히죽 웃으며 나를 지나쳐갔다. 그가 웃지 않았다면 나는 실수라고 치부했으리라.

'인종차별인가?'

조금은 화가 났다. 나는 여행을 하는 동안 어디서 화를 내야 하는지, 어느 정도에서 화를 내도 괜찮은 건지 분간이 안됐다. '여기서 화를 내면 혹시나 꽉 막힌 동양인의 이미지를 심어주는 게 아닐까?' 하는 생각과 '지금 화를 내지 않으면 역시 동양인이라며 무시를 당하진 않을까?' 하는 생각이 동시에 들었기 때문이다. 이 경우도 그랬다.

'뽕망치를 든 늙은 노인이 작은 동양인을 만나 장난을 친 것뿐이야. 봐. 여긴 동양인이 얼마 없잖아. 그리고 난 아프지도 않다고.'

이번엔 그렇게 생각하기로 하고 그를 따라 웃어 보였다.

문제는 그 다음이었다.

그 사건이 있고 몇 분 지나지 않아 무리를 지은 청년들이 뒤에서 내 머리를 때린 것이었다. 그들은 모두 손에 뽕망치를 들고 있었고, 머리엔 헬멧을 뒤집어쓰고 있었다. 도대체 이 도시는 정체가 뭐냐 말이야. 잔뜩 인상을 쓰며 고개를 돌렸더니 서로가 서로를 가리켰다. 몇몇은 본인이 아니라는 듯 어깨를 으쓱였다. 신이 난 청년들은 포르투갈어로 "너잖아!" 하고 장난을 쳤다. 기껏해야 10대 후반쯤 되어 보였다.

이번엔 참을 수 없었다.

"뭐하는 짓이야?"

내 차가운 말투와 표정에 그들은 한 번에 웃음기가 가셨다. 운동장에서 놀고 있는 어린아이들의 공을 뻥 차서 담장 밖으로 넘겨버린 못된 어른이 된 기분이 들었다. 하지만 물러서지 않았다.

"뭐하는 거냐고!"

사실은 조금도 아프지 않았지만 머리에 손을 얹고 다시 한 번 소리쳤다.

그들 중 영어를 할 줄 아는 사람이 한 명도 없었다. 그나마 앞에 나서서 설명해주려 애쓴 친구의 입에서 "쏘리, 페스티벌." 따위의 단어가 들려왔다. 눈치껏 조합해 볼 때 지금은 축제기간이고, 나쁜 의도는 없었다는 것 같았다.

'모르는 사람의 머리를 때리는 빌어먹을 축제가 어디 있어.'

나는 민망해하는 그들에게 휙 돌아 등을 보였다. 뒷모습으로 잔뜩 화를 내며 숙소로 향했다. 그곳에 나에게 발생한 일을 이해시켜줄 누군가가 있길 바랐다.

오늘은 포르투갈에서 가장 큰 축제인 '성 주앙의 밤(Night of Sao Joao)'의 마지막 날이었다. 어쩐지 목요일 낮 시간 치고 도시 전체에 사람들이 넘쳤다. 공휴일이었다. 젖꼭지를 문 꼬마부터 지팡이를 짚은 할머니까지 모두 무기를 들었다.

예쁜 것은
다 너를 닮았다

관광을 온 외국인, 특히나 키가 작은 동양인 여자는 누구에게나 타 깃이 된다. 그렇기에 하루 종일 족히 5만 대는 맞은 것 같았다. 뽕망치 로 머리를 "뽕!" 하고 때릴 때 행운을 비는 것이라고 하니 더 이상 기 분이 나쁘진 않았다. 골목 어디에도 뽕망치를 든 사람들이 빽빽이 들 어차 있었다. 그들은 한 번도 나를 그냥 넘기지 않았다. 어김없이 팔 을 들어 내 머리를 때리고야 말았고, 꼭 고개를 숙여 내가 때려주기를 기다렸다.

하루 종일 신이 나 놀고 숙소로 돌아온 늦은 새벽, 쉰내가 풀풀 나는 이불을 뒤집어 쓴 채 창문 밖에 끊이지 않던 뽕! 소리를 들으며 이런 생각을 했다. '이 도시를 사랑하게 될 것 같아.' 그리고 그 생각은 현실 이 되었다.

| 상 한 수 박 한 조 각

"여기가 파제 맞아?"

"확실해?"

"정말 여기가 파제라고?"

버스를 내리며 세 번이나 물었다. 예상과는 다르게 너무 휑한 파제의 모습에 흥이 깨졌다. 비수기의 파제 해변은 물이 다 빠진다. 수영을 하기 어렵다보니 관광객 자체가 없었다. 그럼에도 숙박비는 흥정시도도 할 수 없을 만큼 비쌌다. 가성비가 좋아 배낭여행자 사이에 유명하다던 숙소도 작년에 문을 닫았다고 한다. 갑자기 눈앞이 캄캄해진다. 조금도 생각지 못한 전개였다. 숙박비를 감당해내기엔 아직 내 여행에 많은 날들이 남아있었다. 창문 없는 반지하 1인실 숙소가 하룻밤 2만 원이었다. 사실 가격만 놓고 보았을 땐 그다지 큰 금액이 아니었다. 하지만 곰팡이가 피고 묵은 냄새가 나는 방의 상태와 천 원이면

33

한 끼를 때울 수 있는 아프리카의 물가로 봤을 땐 말도 안 되는 가격이었다. 주인장은 이보다 더 싼 방은 없다며 비워놓을망정 깎아주진 않겠다는 태세였다.

결국 텐트를 사용하기로 했다. 눈에 잘 띄지 않는 구석이면서 그나마 안전해 보이는 곳을 까다롭게 골라 텐트를 치고 있는데 한 남자가 다가왔다.

"여기에 텐트 치려고? 위험할 텐데, 우리 집 뒷마당에 치는 건 어때?"

나는 그를 힐끗 보고는 "노, 땡큐. 댓츠 오케이─" 하고 대답한 후 "네가 더 위험해 보여."라고 우리말로 중얼거렸다. 하지만 일단 와서 공간이라도 확인해보라며, 망설이는 나를 기어코 자신의 집으로 초대했다.

아벨리의 방은 두 평도 되지 않아보였다. 마당이 불편하면 방 한쪽에 텐트를 쳐도 괜찮다고, 작은 방바닥에 촘촘히 널브러진 물건들을 발로 대충 쓸어내는 그는 조금 신이 나 보였다.

방안에는 냉장시설이 하나도 없었다. 전기 공급이 원활하지 않아 잔지바르에선 매일 서너 시간씩 정전이 되기 때문일 터였다. 잘라서 먹다가 덮개 하나 없이 책장 맨 위에 덩그러니 남겨놓은 수박에는 파리들이 열을 맞춰 앉아있었다.

그는 수박 한 조각을 잘라 나에게 권했다. 그 마음이 고마워 차마 거

34   예쁜 것은
      다 너를 닮았다

절하지 못하고 한 입 베어 물었다. 수박에는 수박 냄새가 없었다. 미지근하다 못해 조금 뜨거운 것도 같았다. 무엇보다 참을 수 없는 건 시큼함이었다. 세상에. 살면서 수박이 상하는 꼴을 보다니. 표정을 숨기는 데 재능이 없는 나였지만, 너무 맛있게 먹는 아벨리를 보며 어쩔 수 없이 수박을 꼭꼭 씹어 삼켜냈다.

그의 집 마당에서 하루를 보내기로 했다. 아벨리는 화장실을 사용해도 괜찮다고 말했지만 화장실엔 물이 나오지 않았다.

아침이 오자마자 텐트를 접고 과일가게로 향했다. 머지않아 또 상해버릴 게 분명한 수박 한 통을 사서 아벨리에게 선물했다. 짤막한 포옹으로 작별인사를 하고나자 휑했던 파제가 아름다워 보였다.

| 에펠탑의 공포

프랑스의 혁명기념일에 나는 파리에 있었다. 매해 이날이면 에펠탑에서 불꽃축제가 열렸다. 때문에 에펠탑 주변은 프랑스 현지인들과 전 세계에서 온 관광객들로 붐볐다. 그까짓 고철덩어리 뭐 특별할 게 있나 싶지만, 에펠탑은 분명 도시를 낭만적이고 로맨틱하게 만들고 있었다. 그런 에펠탑에서 뿜어지는 불꽃이라니. 이 순간을 위해 나는 세 번이나 프랑스를 찾았다.

내가 에펠탑에 도착했을 땐, 넘쳐나는 사람들로 이미 발 디딜 공간이 없었다. 측면이 잘 보이는 곳에 겨우 비집고 들어가 자리를 잡았다. 프랑스에 테러가 끊이지 않고 있던 터라 경찰도 많았고, 경계도 삼엄했다.

축제가 시작된 지 얼마 되지 않았을 때였다. 앞쪽이 웅성웅성 소란스러워지더니 갑자기 사람들이 달려 나왔다. '만약 내가 테러범이라면

이런 날 테러를 하겠지.'라고 생각했던 나는 사람들 틈에서 자연스레 뒷걸음질을 쳤다.

방금까지 내가 서있던 자리는 자욱한 연기로 가득했다. 도망치고 있던 나를 쫓아온 매캐한 냄새가 콧구멍마저 긴장시켰다. 나와 다를 바 없는 표정으로 불꽃에 넋을 팔고 있던 경찰들은 서둘러 연기의 근원지를 찾았다. 저마다 자신의 언어로 비명을 지르던 사람들은 이미 나를 지나쳐간 지 오래였다. 함께 축제를 즐기러 온 일행들 역시 어디로 갔는지 보이지 않았다. 혼자 남겨진 나는 한 번도 경험해본 적 없는 공포감으로 몸을 떨었다.

엄마는 세계를 떠돌고 있는 나에게 "사람 많은 곳은 가지 마."라고 하면서도 "사람 없는 으슥한 곳은 가지 마."라고 말했다.

"여행을 하라는 거야, 말라는 거야." 나는 시큰둥했다.

그러면서도 테러 가능성이 있어 보이는 랜드마크를 갈 때마다 무슨 수로 죽음을 피할지 궁리해보곤 했다.

저쪽에서 총소리가 들린다면 일단 엎드려서 숨을 죽여야지, 내 앞에서 차가 달려온다면 고민하지 말고 무조건 오른쪽으로 뛰어야지, 폭탄이 터지면 당장 반대편으로 뛰자, 같은 실없지만 실한 생각들을 하지 않은 적이 없었다. 에펠탑이 있는 샹드마르스 공원 안으로 들어설 때도 나는 출구의 위치와 거리를 계산했었다.

그런데 사람들이 넘어지고 도망치고 희부연 연기가 솟아오르는 걸

보는 순간, 나는 몸이 얼었다. 내가 그려오던 머릿속의 상황 대처법은 아무 힘을 발휘하지 못했다.

파리 거리에는 총소리가 나는 작은 폭죽을 바닥에 던진다던지, 쾅! 소리를 낸다던지 하며 사람들을 공포감에 휩싸이게 만드는 못난 사람들이 종종 있었다. 내가 목격한 그 연기도 안타깝고 다행스럽게 그런 경우에 해당하는 작은 해프닝이었다. 내가 있던 구역에서 조금만 벗어나도 알지 못했을 이 작은 소동이 내게는 인생에서 가장 무서운 순간이 되었다. 그리고 그 시각, 니스에서 진짜 가슴 아픈 테러가 발생했다.

테러를 당한 곳은 언제나 지구 반대편이었고, 희생자는 내 주변인이 아니었다. 테러로부터 비교적 안전한 나라에 사는 나는 테러에 노출된 적이 한 번도 없었고, 그것의 공포에 대해 굳이 알고 싶지도 않았다. 그런데 그 이야기가 갑자기 어제 식당에서 만났던 종업원이 될 수도, 파리지앵이 된 내 동창이 될 수도 있다고 생각하니 끔찍하고 무서워 마음이 아렸다.

세계평화와 같은 거창한 희망 따위를 품어본 적은 없지만, 무고한 누군가가 한 개인의 그릇된 관념으로 다치지 않기를 바라며 나는 예매했던 니스행 기차표를 서둘러 취소했다.

| 진우

"안녕하세요."

숙소 문을 열고 한국인이 들어왔다. 까만 피부에 비쩍 마른 몸. 배낭은 내 것의 두 배쯤 되어 보였다. 분명 그가 짐을 메고 있을 테지만, 짐이 그를 타고 있는 것처럼 보였다. 진우의 첫인상은 한동안 아무것도 먹지 못하고 떠돈 보따리장수 같았다.

게스트하우스가 많지 않은 다합은 아파트 렌트가 성행했다. 마음이 맞는 7명이 모여 집을 렌트했다. 방 두 개와 모두가 둘러앉기에 충분한 거실이 있는 곳이었다. 룸메이트가 좀 많긴 해도 한국에선 이루지 못했던 내 집 마련의 꿈을 이집트에서 달성하게 됐다.

매일 해가 뜨면 다이빙을 했다. 밤이 되면 각자의 시간을 보낸 식구들과 한데 모여 저녁을 만들어 먹고 영화를 보고 늦게까지 수다를 떨었다. 걸어서 나갈 수 있는 집 앞 바다에는 열대어와 형형색색의 산호가 가득했고, 날씨는 화창했다. 심지어 물가는 이제껏 가본 곳 중 가장 저렴했으니, 다합에서의 생활이 꽤 만족스러웠다.

게으르다는 점에서 진우와 나는 닮아있었다. 때문에 우리는 가장 많은 시간을 공유했다. 다이빙을 함께 배웠고, 같은 게임을 했다. 드라마를 보며 주인공에 대해 논했고, 그는 남미에 갈 나에게 스페인어를 가르쳤다.

차로 20분정도 떨어진 다이빙사이트를 가던 중이었다. 트럭 뒤엔 8명의 사람들이 엉켜 앉았다. 조수석에 앉은 다이빙선생님과 내 옆에 앉은 진우를 제외하면 전부 모르는 사람들이었다. 잘 정비되지 않은 도로를 달리다 내 모자가 뒤로 날아갔다. 서둘러 자리에서 일어났는데, 누군가 옷자락을 잡아 억지로 앉혔다. 진우였다. 그가 손을 뻗어 운전석의 창문을 두드리자 차가 멈췄고, 그는 뛰어내려 모자를 향해 달려갔다. 내 모자를 줍는 그의 뒷모습을 보며 나는 왜인지 처음 보는 사람들에게 "정말 착한 사람이에요. 제가 세상에서 본 사람 중에 가장이요."라는 자랑을 늘어놓았다. 그가 여전히 나를 "지영 씨"라 부르던 때였다. 나는 진우에게 빠져들었다. 9월 초, 가을을 목전에 둔 늦은 여름이었다.

여행이 피워낸 사랑은 사실 여러 가지 양념을 쳐 가려버린 상한 생선조림인지도 모른다. 이미 상한 생선에 각종 야채와 양념을 사정없이 때려 넣고 졸여서 그 풍취를 숨겨버린 것일지도. 다합에서 매일 점심으로 먹던 천 원짜리 생선튀김도 그랬다. 상했는지 싱싱한지는 별로 중요하지 않았다. 이미 튀겨져 나왔으니 신선도 따위는 그다지 신경 쓸 사항이 아니었다. 맛이 좋았고 그거면 충분했다.

그렇기에 나는 여행이 선물하는 사랑이라는 것에 냉소적인 편이었다. 더불어 그것을 낭만이라 외치는 이들을 비웃기 바빴다.

여행지가 주는 설렘과 낭만은 사랑이 주는 그것과 비슷하다. 내가 이 풍경과 상황을 사랑하는 것인지 혹은 이 사람을 사랑하는 것인지에 대한 판단을 완벽하게 내릴 수 있는 사람은 단언컨대 없을 것이다. 그럼에도 내가 이 사람에게 마음을 내어준 이유가 무엇인지는 아직도 모르겠다. 아프리카 대륙을 함께 여행하고 나면 행선지도 달랐다. 한국으로 돌아가도 광주에 산다고 했다. 광주에 계시던 친할머니가 돌아가신 이후론 그곳에 갈 일이 없었다. 하지만 그를 만지고 싶었고, 그거면 충분했다.

예쁜 것은
다 너를 닮았다

| 맨 발 의 나 마 스 떼

여행 중 첫 등산이다. 걷는 건 그럭저럭 자신이 있었지만 오르는 데는 쥐약이었다.

"히말라야라니, 난 못해."

시작도 전에 겁을 먹었다. 그도 그럴 것이 1월 3일. 무려 겨울의 한중턱이었다.

돈이 없으니 개인 가이드나 포터는 당연히 호사였다. 성수기가 지난 후여서 함께 올라갈 동행도 없었다. 심심찮게 눈이 내리는 한겨울의 안나푸르나를 오르기 위해 필요한 준비물은 사실상 차고 넘쳤다. 포기할 수 있는 것들을 추려내야 했다. 포카라 온 동네를 휘젓고 다니며 고민하다 고른 등산용품은 싸구려 트레킹화와 두툼한 등산바지였다. 롯지에서 사 먹는 음식이 비싸다고 들어 가방을 봉지라면과 고추장으로 가득 채웠다.

등반한 지 이틀째였을 것이다. 늘 그랬듯이 중간에 들른 롯지에서 뜨거운 물과 맨밥을 주문해 챙겨온 라면과 고추장을 함께 먹었다. 체력저하보다 절약이 더 고됐다.

'돈 없으니 이게 무슨 꼴이람.'

옆 테이블의 남은 피자조각을 흘깃거리고 있자니 조금 서글퍼졌다.

해가 지기 전 오늘의 목적지까지 올라야 했다. 쉴 수 있는 시간이 많지 않았다. 다시 무거운 가방을 메고 운 좋게 주운 얄따란 나무막대기를 들고 산행을 시작했다. 그리고 그녀를 만났다.

"나마스떼."

지게 가득 짐을 실은 여성 포터가 수줍게 웃으며 인사를 건넸다. "신의 가호가 있기를." 하며 내 산행의 안녕을 빌어준 것이다. 맨발에 슬리퍼 차림이었다. 그녀의 발뒤꿈치는 제멋대로 갈라져 있었다.

"나마스떼."

내가 인사했다. 우리는 나란히 앉아 정수제가 들어가 소독약 냄새가 풀풀 나는 물을 아껴서 나눠마셨다.

"어디까지 가세요?"

알 이유도 없었고 전혀 궁금하지도 않았다. 그저 어색한 침묵을 깨기 위해 물었다. 히말라야를 찾는 대부분의 트레커들이 그렇듯이 나의 목적지는 안나푸르나베이스캠프(ABC)였고, 아랫마을에서 산중턱의 롯지로 짐을 나르는 포터들의 목적지는 저마다 달랐다. 그녀는 나의 목적지를 짐작했겠지만, 나는 전혀 알 길이 없었다.

"ABC"

성긴 영어로 그녀는 나와 같은 목적지를 말했다.

'저 짐을 메고 ABC까지 간다고?'

조금만 더 가면 설산이 이어질 터였다. ABC가 목적지라기엔 그녀의 옷차림이 너무 얇았다. 체구가 작은 그녀가 짊어지기엔 지게 안에 짐이 너무 많았다.

"실례지만 ABC까지 한 번 짐을 나르면 얼마를 버나요?"

나는 못되게도 무례한 질문을 던졌다. 이번엔 진심에서 우러나오는 궁금증이었다. 그녀는 손가락 두 개를 들어 올리고 멋쩍게 웃었다.

"2만 루피?"

그녀는 고개를 저으며 주먹을 세 번 흔들었다. 2천 루피. 한 번을 왕복하는 데 일주일이 걸린다 치면 한 달 내 쉬지 않고 일해도 10만 원이 안 되는 돈이었다. 명치 언저리에 무언가가 욱신, 하고 눌렸다. 나는 고맙다고 말하고 서둘러 자리를 떴다.

그녀와 나는 앞서거니 뒤서거니 하며 두어 번을 더 만났고, 하루가 지나자 다시 만날 수 없었다. 하지만 그녀의 천진한 웃음과 갈라진 발 뒤꿈치는 하산을 하고도 며칠 동안 눈앞에 어른거렸다.

예쁜 것은
다 너를 닮았다

| 어쩌면 가장 맛있었을 엄마의 라면

 런던을 떠나기 전날 저녁, 한 달 넘게 들고 다녔던 나의 마지막 한국 라면을 끓여먹었다. 물의 양을 제대로 맞추지 못해 싱겁기 그지없었지만, 이제껏 먹었던 라면 중 가장 맛있었다. 그런데 라면을 후루룩거리다가 나도 모르게 눈물을 쏟고 말았다.

 학교를 휴학했을 때 백화점 문화센터 옆에 위치한 카페에서 일을 했다. 나는 카페에서 아르바이트를 한 경험이 있었고, 해봤던 일이니 대수롭지 않게 생각했다. 하지만 내가 생각했던 평범한 카페가 아니었다. 종일 허리를 숙여 손님을 맞았다. 자리를 안내한 후 물을 서빙하고, 부르면 달려가 주문을 받았다. 다시 음료를 서빙하고, 테이블을 치우고 닦았다. 손님은 웨이팅이 있을 만큼 많았다. 대부분의 손님은 까다로웠고, 무례하기까지 했다. 사람을 대하는 일도 어려웠고, 일도 고됐다. 아침에는 천장이 팽글팽글 돌았고, 어지러워서 토악질이 나왔다.

일주일 정도가 지났다. 그때까지도 일이 익숙해지지 않아 제대로 서 있기가 힘들었다. 11시가 다 된 퇴근길에 평소엔 안 먹던 야식이 먹고 싶어 라면 한 개를 사 들고 집에 들어갔다.

"이 밤에 무슨 라면이야?"

엄마는 인스턴트식품을 싫어하셨다. 사실 나도 그다지 라면을 좋아하진 않았다. 엄마의 동그래진 눈을 뒤로하고 샤워를 했다. 그러다 욕실 문을 빼꼼 열고는 으름장을 놓았다.

"절대! 절대 라면 끓이지 마! 내가 끓일 거야!"

엄마는 몸에 좋지 않은 음식은 싱겁게라도 먹어야 한다는 이상한 논리를 갖고 있었다.

"내가 왜 네 라면을 끓여주냐?"는 답변을 듣고 샤워를 시작했는데, 화장실에서 나오자 라면은 이미 다 끓은 뒤였다. 면발은 깊은 수심 아래 가라앉아 보이지 않았다.

"내가 끓인다고 했잖아!"

발을 동동 구르며 소리를 질렀다. 이게 뭐라고 짜증이 몰려와 눈물까지 터져 나왔다. 엄마는 "싱겁지 않게 끓였으니 김치랑 같이 먹으면 되지 않겠느냐." 하고 받아쳤다. 하지만 펑펑 우는 나를 보고는 당황해하며 조심스럽게 물었다.

"엄마가 새로 하나 사올까?"

나는 안 먹겠다고 빽 고함을 지르고 방으로 들어왔다. 그날 밤 베갯잇이 흥건해질 때까지 내 울음은 멈추지 않았고, 주방에선 달그락달그락 엄마의 설거지 소리가 들렸다.

나는 라면이 먹고 싶었던 걸까, 내 하루의 짜증을 받아낼 사람이 필요했던 걸까.

엄마는 막내딸에게 화가 났을까, 아니면 미안했을까.

고작 5년이 흘렀지만, 이제는 엄마의 매일이 그때의 나와는 비교도 되지 않을 만큼 힘겹게 지나간다는 걸 알게 되었다. 그날 엄마가 어떤 마음으로 딸을 기다리다, 어떤 마음으로 딸에게 라면을 끓여주었을지 어린 마음으로 짐작해 본다. 그러자 죄스러움이 몰려온다.

우리 둘 중 누구도 그날의 기억을 입으로 옮긴 적은 없으나, 서로에게 다른 모양의 상처로 남아있음을 안다. 그래서 나는 아직도 라면을 먹는 일이 외롭고 아프다.

예쁜 것은
다 너를 닮았다

| 이 기 적 인 행 복

어렸을 적부터 피라미드에 대한 환상이 있었다.

'낙타를 타고 끝없는 사막을 건너가면, 그곳에 엄청난 크기의 피라미드가 있을 것이다.'

이것이 내가 생각한 피라미드의 모습이었다. 하지만 나는 피라미드를 보기 위해 이집트의 지하철에 올라탔다.

낙타 대신 지하철을 타고 가면, 사막 대신 도심 한가운데에 피라미드가 나타난다. 그 느닷없음이 좋았다. 상상하던 것과 다른 세계를 직접 볼 수 있다는 것과 빼곡하게 늘어선 도시 한가운데에 고대문명이 자리하고 있다는 것이 참 좋았다.

사람을 지치게 하는 더위 속에서 한참을 걸었다. 피라미드는 근처만 가도 그 모습이 장엄하게 나타나지만, 워낙 크다보니 아무리 걸어도 가까워지지 않는 기분이었다. 낙타나 말을 탈 수도 있었지만, 나에겐 너무 큰 부담이었다.

"내가 피라미드를 보다니! 내가 피라미드 앞에 서 있어!"

마침내 피라미드와 마주 섰을 때 나는 탄성을 질렀다. 카이로의 시내가 훤히 보이는 그 광경은 짜릿할 만큼 멋졌다. 횡단보도도 없고 질서도 규칙도 없는 어지러운 도시에 이렇게나 정교한 건축물이 오래도록 자리하고 있다는 것을 믿을 수 없었다. 그 시절엔 이렇다 할 장비도 없었을 게 분명했다. 돌 하나가 사람의 키보다 컸다. 바로 앞에 서면 아무리 고개를 꺾어 올려도 꼭대기가 보이지 않았다. 신이 난 나는 흐르는 땀을 닦아내며 덩실덩실 춤을 췄다.

여행의 대부분은 실망감을 동반한다. 생각보다 멋지지 않아서, 날씨가 좋지 않아서, 이동이 힘들어서, 사기꾼이 많아서, 가격이 비싸서 등 이유도 다양하다. 반면 피라미드는 완벽한 곳이었다. 내 기대를 넘쳐서. 내 상상과 달라서. 나는 그날 밤 일기에 이렇게 적었다.

내가 하고 싶은 일을, 해야만 하는 일 때문에 미뤄둘 만큼 철이 들었다면 누릴 수 없었던 행복.

걱정해주는 사람들을 안심시키기 위해 꿈을 포기하지 않을 만큼 이기적이었기에 할 수 있었던 경험.

땀과 모래바람으로 머리가 엉겨 붙은 것도 모르고 앞니를 내보이고 웃었더니 조금 더 행복해진 오늘.

예쁜 것은
다 너를 닮았다

네가 행복해지기를 바라

솔직히 말하자면, 어느 순간부터였는지 모르겠다.

어느 날인가 네 룸메이트가 데킬라를 마시고 탈이 나 복도 구석에
누워있었다. 걱정이 된 너는 너른 침대에서 자는 대신 베개 두 개를
집어 들고 나가더니 하나는 룸메이트의 머리 밑에 놓아주고, 하나는
네가 베고 누웠다. 룸메이트가 계속 힘들어하자, 너는 좁은 복도에 쭈
그려 앉아 그의 등을 두드려주었다. 그 순간 내 몸속에서 무언가가 일
렁이는 것을 느꼈다.

마을에 하나뿐인 정육점에서 소고기를 잔뜩 사 들고 야외로 나갔다.
집게 따위가 있을 리 없으니 불을 지필 수 없었다. 화상을 입을 만큼
뜨겁고, 까맣게 묻어나 더러운 숯을 혼자서 쑤시고 만져대는 너를 보
면서, 나는 남몰래 억울해했다.

혼자 오전 다이빙 수업을 받고 오는 날이면, 매번 점심을 밖에서 해

결하고 들어오는 네가 왜인지 얄미웠다.

"점심 좀 같이 먹죠?"

어느 오후 내가 이렇게 말하자, 너는 멋쩍게 웃었다. 사실 우리가 함께 점심을 먹어야 할 이유는 없었다. 다음날, 너는 코샤리(쌀, 콩 등 여러 재료가 들어간 이집트 전통음식)를 내 몫까지 사 와서는 "점심 먹어요." 했다. 내 마음에 온기가 지펴졌다.

네가 웃을 때, 요리할 때, 밥을 먹을 때, 잘 때나 뒹굴거릴 때, 찡그릴 때, 물건을 살 때, 사진을 찍을 때나 영화를 볼 때 나는 문득문득 울컥했다. 내 마음을 이토록 흔드는 것이 무엇인지 도무지 알 수 없었다. 너에게 빠진 줄도 모른 채.

저녁을 배부르게 먹고 돌사막에서 친구들과 아무렇게나 엉켜 누웠던 그날. 쏟아지는 별을 보면서 그냥, 네가 나보다 행복했으면 좋겠다고 생각했다. 그리고 이왕이면 그 행복의 중심에 내가 있었으면 더할 나위 없이 기쁘겠다고 별에게 덧붙여 속삭였다.

| 돌아오고 싶지 않아?

여행하며 이틀에 한 번꼴로 엄마에게 전화했다. 통화를 끝낼 때마다 엄마는 물었다.

"이제 돌아오고 싶지 않아?"

그리움이 반쯤 섞인 목소리엔 서운함까지 묻어있었다. "전혀!"라고 대답했지만, 진심이 아니었다. 나는 여행을 사랑하고, 여행을 하는 동안 행복했다. 하지만 엄마에게 전화를 걸었다는 것은 내가 불안정하다는 뜻이었다. "돌아가고 싶어, 보고 싶어." 하면서 엄마가 던진 미끼를 덥석 물고 싶을 때가 많았다.

짜장면이 먹고 싶다.

오백 원을 추가해 간짜장으로 바꾼 세트1번을 신문지 위에 놓고, 단무지 하나를 물어다 놓은 줄도 모르고 새 단무지를 먹으면서 군만두

예쁜 것은
다 너를 닮았다

서비스가 오지 않았네, 투덜거리고 싶다.

콩이가 보고 싶다.

방안에 누워 콩이를 세 번쯤 부르면 그제야 들리는 차박차박 발소리를 듣고 싶다. 가장 좋아하는 인형을 던져주면 쫓아 달려가는 콩이의 꼬리를 잡고 싶다.

속옷을 벗고 싶다.

이 배기고 불편한 속옷을 잘 때만이라도 벗고 싶다. 음정도 맞지 않는 노래를 큰소리로 부르면서 샤워하고, 물기를 대충 닦은 채로 훌렁 훌렁 벗고 화장실 밖으로 나오고 싶다.

이런 생각이 들 때면 항상 나에게 물었다.

"그냥 돌아갈래? 돌아가서 그 돈으로 차를 한 대 사자."

자주 있는 일은 아니었지만, 그럴 때면 허전했다.

"아니. 난 돌아가지 않아."

호기롭게 대답은 하지만 여전히 기분이 이상했다.

"그렇다면 왜? 왜 하고 있는 거야?"

또 한 번 묻는다.

나는 어려서부터 포기가 빨랐다. 오빠와 달리기를 할 때 오빠의 등이 보이면 중간에 멈춰 서며 "나 안 해!"를 외치곤 했다. 딱히 지는 걸 싫어할 만큼 승부욕이 강한 사람도 아니면서 이기지 못할 걸 알면 도

전조차 하지 않았다.

그런 나에게 여행은 패배할 확률이 높은 도전이었다. 영어라곤 한마디도 못하는, 가난하고 능력 없는 쌍문동 캥거루족에겐 인생의 가장 큰 도전이었다. 나는 그 도전을 포기 없이 끝내고 싶었다. 행복함과 외로움, 즐거움과 두려움, 설렘과 불편함을 비롯한 모든 감정이 녹아 있는 나의 여행을 제대로 끝마치고 싶었다.

내가 믿을 사람이라곤 칠칠치 못한 나뿐이었으나, 내가 이토록 나와 친했던 적이 없었다.

외로움과 그리움을 이겨내고, 위험하고 두려운 모든 상황을 버텨내고 절대로 답이 없을 것만 같은 일들을 풀어나가며, 나는 나를 믿고 나를 사랑하는 일을 배웠다.

예쁜 것은
다 너를 닮았다

|페즈의 악몽

모로코에 온 지 일주일이 되었다. 밤길은 조금 어수룩했지만 만나는 모두가 친절했다. 도시 자체도 예뻤다. 나를 불쾌하게 하는 사건이란 식당에서 주문하지 않은 신선한 오렌지 주스를 내어놓고 천 원이나 더 받아갔다는 것 정도였다. 페즈에 도착하기 전까지 나는 모로코가 정말 좋았다.

셰프샤우엔에서 페즈로 가는 버스는 로컬뿐이었다. 좌석 쿠션은 좌석과 분리되어 있고, 등받이는 90도로 세워져 조금도 눕힐 수 없었다. 밖은 뙤약볕인데 에어컨은커녕 창문도 망가져 열 수 없었다. 땀이 줄줄 흘렀다. 앞좌석과의 거리는 어찌나 촘촘한지, 다리를 어떻게 놓아야 할지 몰라 몸을 비비 꼬았다. 길도 울퉁불퉁한데, 운전까지 인정사정이 없었다. '이렇게 5시간은 아무래도 무리야.'라는 생각이 출발한 지 5분도 안 돼서 들었지만, 다른 방도가 없었다.

상황이야 어찌 됐든 버스는 무사히 페즈에 도착했고, 나는 택시를 잡아탔다.

택시에서 내리기도 전에 대여섯 명의 삐끼들이 우르르 달려 나왔다. 숙소를 찾느냐며 "곤니찌와", "니하오", "안녕하세요" 아시아 3개국 언어로 말을 걸었다. 그 와중에 택시기사는 80다르함을 요구했다.

"내 숙소 호스트가 15다르함이면 온다고 했어."

이 말과 함께 15다르함을 내밀었더니 돈을 받아 들고 대꾸도 없이 떠났다. 귀여운 삐끼군. 이것이 '페즈의 악몽'의 시작인지도 모른 채 나는 혼자 웃었다.

페즈의 성곽 안에는 9천 개 이상의 골목이 있다. GPS도 잡히지 않는 좁은 길들이 대부분이었다. 이 말은 즉, 길을 잃기에 십상이라는 것인데, 이런 지역의 특성을 이용한 호객행위가 도를 넘어섰다. 세 걸음 이상을 혼자서 걷지 못했다. 인적이 드문 아주 작은 골목길에서도 어디선가 "Do you need help?" 하며 호객꾼이 튀어나왔다. 키가 내 허리춤에 오는 어린아이부터 허리가 굽은 할아버지까지 나에게 말을 걸어왔다. 도움이 필요 없다고 소리치듯 말해도, 나를 앞장서 걸어가며 자신을 따라왔으니 돈을 달란다. 한두 번이야 무시하고 싸워 떨쳐낸다지만, 하루에도 수십 명이 이런 식이니 도시 구경은 고사하고 그냥 길을 걷는 것조차 쉽지 않았다.

페즈의 골목을 거닐며 수많은 모로칸들과 싸워내고 나니 종일 짜증

으로 고통스러웠다. 이 도시를 온전히 즐기는 것도, 맘 편히 밥 한 끼를 먹기도 쉽지 않았다. 그때 7살 정도 돼 보이는 남자아이가 나에게 다가왔다.

"Hi"

"안녕!"

중동지역의 아이들은 눈이 크고 쌍꺼풀이 짙었다. 모로코는 아프리카 대륙에 위치하지만 사람들의 외모는 중동과 비슷했다. 작은 몸집이 동그랗게 눈을 뜬 채 나를 올려다보자 나는 무장해제가 되고 말았다.

"모로코에 온 걸 환영해!"

아이가 지저분한 머리를 긁적이며 웃었다.

"고마워!"

나도 따라 웃으며 눈높이를 맞추기 위해 허리를 숙였다.

"테너리 찾아가는 중이지? 날 따라와!"

아니나 다를까, 또 시작이다. 관광객을 들들 볶는 것 외엔 벌이가 여의치 않은 사람들이라는 것을 이해하려 해도 이건 좀 심하지 않나 싶었다. 거리의 모든 사람이 나를 괴롭히는 게 가능하다니.

"제발 날 좀 내버려 둬!"

나는 굽혔던 몸을 곧게 펴며 소리를 질렀다.

아이는 잠시 주춤하더니 순수해 보였던 눈을 가늘게 치켜뜨며 가운뎃손가락을 들어 올렸다.

"소리 지를 거면 왜 모로코에 왔어? 한국으로 당장 꺼져!"

아이는 손가락을 들어 올린 채 나를 조롱하며 뒷걸음질 쳐 달아났다. 나는 다리에 힘이 풀렸다.

페즈에선 천 년 전부터 지금에 이르기까지 수작업으로 가죽 염색이 이루어지고 있다. 그 염색공장을 '테너리'라 부른다. 나는 짓궂게도 그들의 열악한 작업공정을 보고 싶었다.

숙소에서 테너리까지 30여 명의 호객꾼을 어렵게 떨쳐내고 도착했다. 그곳엔 게임의 마지막 단계에 등장하는 '최종 보스'인 '삐끼의 끝판왕'이 기다리고 있었다. 그는 자신을 가이드라 소개했다.

"난 페즈에 지쳤어. 돈이 하나도 없다고!"

그러자 그는 서글서글한 웃음을 지으며 말했다.

"걱정하지 마. 공짜야. 대신 가게를 소개해줄게. 사지 않아도 괜찮아."

그는 나를 메인 테너리로 데려갔다. 그곳에서는 가죽 염색이 진행되고 있지 않았다. 대신 깨끗하고 정교하게 새 일터를 만들어내는 공사가 진행 중이었다. 노동자들에겐 다행스러운 일이었지만, 작업하는 장면을 보고 싶었던 나는 못내 아쉬웠다.

결과야 어찌 되었든 약속대로 그가 안내하는 가죽 가게와 아르간 오일 가게를 방문했다. 정말 아무것도 권하지 않는 그에게 미안해 작은 오일 하나를 구매했다. 이걸로 윈윈이라고 생각했다. 그는 내가 산 오일 값 중 얼마만큼을 받을 것이고 나는 테너리를 구경했으므로. 다시

예쁜 것은
다 너를 닮았다

시내 쪽으로 향하려 할 때 그가 나를 불러 세웠다.

"안내해준 건 약속대로 무료야. 하지만 네가 테너리에 들어간 입장료는 내야 해."

아, 나는 페즈가 정말 싫었다.

우리는 30분이 넘는 시간 동안 입씨름을 했다. 그가 요구한 금액은 6천 원 정도였다. 내 하루 숙소 값이기도 했고, 두 끼의 식사 값이기도 했다. 무엇보다 괘씸하고 화가 나서 포기하고 싶지 않았다.

"입장료라니. 그런 말 없었잖아."

"네가 안 물어봤잖아. 네가 내지 않으면 내가 대신 내줘야 한다고."

"50디람이라니. 말도 안 돼."

"내가 정한 게 아냐."

그는 물러설 생각이 없어 보였다. 심지어 내가 소리를 지를 때마다 웃으며 "컴다운, 컴다운. 행복하지 않아? 넌 여행 중이잖아!"라며 나를 약 올렸다.

결국 내가 졌다. 계속 화를 돋우는 그의 화법에 완전히 지쳐버린 것이었다. 나중에 알게 된 사실이지만, 테너리에 입장료 따위는 없었다. 게다가 메인 테너리가 아닌 작은 테너리에서는 염색작업이 진행되고 있어서, 그가 제대로 안내를 해 주었다면 볼 수 있었을 것이다.

다행히도 숙소의 호스트인 무하메드는 친절했다. 21살의 청년이었다. 형이 운영하는 곳이었지만, 형의 부재로 잠시 맡고 있다고 했다.

"난 장사에 소질이 없어. 페즈는 나와 안 맞아."

그는 혼란스러운 페즈에서 나의 유일한 숨통이었다.

처음 내가 숙소에 도착하자마자 그는 '웰컴 티'라며 모로코의 전통차를 건넸다. 모로코 어디에서나 마실 수 있는 이 티는 박하 잎을 넣고 설탕을 대량으로 녹여 먹는 기본 차였다. 단돈 2디람 정도였고, 레스토랑만 가도 무료로 제공되는 차였다. 짐을 풀고 나가려는 나를 붙잡아 앉혀 이렇게 말할 때도 테이블 위엔 차가 놓여있었다.

"페즈에서는 그 누구도 믿지 마. 네가 뭔가를 사려거든 나에게 적정가격을 물어봐 줘. 그리고 무조건 80퍼센트 정도는 깎아야 해."

나는 무하메드가 좋았다.

"네가 없었다면 페즈를 금방 떠났을 거야."라고 말하자 그는 순진한 웃음을 지었다.

드디어 지긋지긋한 페즈를 떠나는 날. 그에게 아쉬운 인사를 건넸다. 그가 나를 포옹해주었다.

'페즈에서도 따듯한 사람은 존재하는구나.'

그의 품이 너무도 따듯해서 이 도시를 향한 차가운 감정마저 녹아내리는 듯했다. 그가 이렇게 말하기 전까진.

"킴, 이제 찻값을 지불할 시간이야."

나는 며칠 묵은 방값에 버금가는 찻값을 치러야 했다. 아! 페즈….

|오늘을 사는 법

오랜만에 와이파이가 잡혀 인터넷을 연결했다. 실시간 검색어 1위는 6월 모의고사였다. 기억이 몇 해 전 그날로 돌아간다.

나는 고3이 되고 나서야 공부를 시작했다. 매일 새벽 4시에 일어나 인터넷 강의 두 개를 수강한 후 등교했다. 쉬는 시간에 단 한 번도 졸지 않았고, 점심시간을 활용해 단어를 외우기도 했다. 독서실이나 야간자율학습은 친구들과 어울리게 될까봐 이용하지 않았다. 학교에서 돌아와 밤 11시까지 야식을 먹을 때를 제외하곤 책상에 붙어있었다. 11시면 꼭 잠을 청했고, 기상은 어김없이 오전 4시. 그렇게 1년을 보냈다.

남들보다 늦게 시작한 공부였기에 당연한 줄 알면서도 꿈쩍도 하지 않는 점수에 지쳤다.

6월 모의고사를 보던 무더웠던 초여름 어느 날. 점수는 내 욕심에 미치지 못했다. 유난스러워 보일까봐 눈물을 꾹 참고 집으로 돌아왔는데, 거실에 앉아있는 오빠와 눈이 마주치자마자 "나는 안 될 건가봐." 라며 현관에 선 채로 한 시간을 울었다.

그날 이후로 그렇게 또 반 년. 노력과 아픔과 사랑의 정도는 객관적인 수치로 매길 수 없다지만, 나는 정말 최선을 다했다.

그때는 공부만이 내 인생의 전부였다. 소도 돼지도 아닌 것이 1등급이 아니면 내 인생은 끝인 줄로만 알았다. 지망했던 대학에 가지 못한 것이 내 삶을 망칠 것이라 생각했다. 그래서 몇 해 전까지만 해도 6월 모의고사는, 대학수학능력시험은, 내게 참 아픈 기억이었다.

요즘의 난 조식시간에 늦지 않게 일어나 밥을 해결하고, 팔에 붙은 파리를 쫓는 데 최선을 다하고, 해가 지기 직전까지 산책하고 돌아오면 하루를 열심히 살아낸 기분이 든다. 하루를 보내는 동안은 어제도, 내일도 생각할 겨를이 없다. 순간의 선택으로도, 한 번의 여행으로도 바뀔 수 있는 게 인생이었다. 과정을 사랑하지 못한 나는 많이 아파했다. 오늘이 행복하면 어제에 미련이 없다는 것을, 과거보다 중요한 것은 현재라는 것을 이제야 알게 된 나는 어수룩했던 그때의 나를 안아준다.

| 여'성'은 얼마일까?

낮에도 거리 전체에서 마약 냄새가 나고 밤이면 조용하고 푸르던 거리가 빨갛게 변하는 도시. 네덜란드의 수도 암스테르담이었다.

나는 이곳이 유난히 낯설었고 심지어 거부감마저 들었다. 홍등가 때문이었다.

누군가는 공공연한 성매매를 국가 차원에서 규제를 두고 관리해주면 좋지 않겠느냐고 말한다.

꽤 오래전 나는 타투를 하기 위해 홍익대 근처 타투샵을 예약한 후 가게에서 보내준 주소로 어렵사리 찾아갔다. '어렵사리' 찾아간 이유는 이름을 검색해도 위치가 뜨지 않았기 때문이다. 가보니 가정집이었다. 간판도 없었다. 벨을 누르자 "어서 오세요."가 아닌 "누구세요?"라는 질문만 되돌아 올 뿐 문도 열어주지 않았다. 죄를 짓는 기분이었다.

우리나라는 타투를 한 사람이 많은데도 타투이스트가 정당한 직업군이 될 수 없다. 타투를 '의료행위'로 보고 있기 때문이다. 먼 옛날 가위를 쓴다는 이유로 외과의사가 미용사를 했던 것과 마찬가지의 경우였다. 지금은 무려 21세기이다. 청결과 직결되는 문제이니 관리와 규제가 필요하다. 소득에 합당한 세금도 걷어야만 한다. 결국 예약자로 확인되고 나서야 나는 샵 안으로 들어갈 수 있었고, 타투를 한 뒤 적지 않은 비용을 현금으로 냈다.

성매매는 이것과 다르다. 성을 파는 행위가 불법이라 하더라도 수요가 끊이지 않을 것이니 막을 순 없을 것이다. 하지만 그것을 인정하지 않음으로써 일말의 수치심과 비윤리적인 행동에 대한 도덕적 가책을 자신에게 남겨두어야 한다고 생각한다.

사람마다 차이가 있긴 하지만, 성욕이 참을 수 없는 욕구라고는 생각하지 않는다. 나는 인간의 기본 욕구인 배설욕을 참아본 경험이 있다. (스페인의 말라가에서였다. 공중화장실이 적은 유럽이어서 하마터면 옷에 큰 실례를 범할 뻔했다. 고등학교 때 나는 달리기가 전교 꼴찌였는데, 만약 이때 숙소까지 달려간 기록을 쟀다면 계주도 노려볼 만했을 것이다.) 자신의 욕구를 통제할 수 없는 사람이 사회로 나오면 위험하다고 생각한다.

내가 남성을 살 수 있는 여성전용 바에 갔다고 가정해보았다.

내 옆에 훤칠한 키에 초콜릿 복근을 가진 잘생긴, 열 살이나 어린 남자가 웃옷을 벗고 앉아있다. 그는 나를 보고 웃는다. 내가 굳이 무엇인가를 하지 않아도 내 기분을 좋게 하려고 갖은 노력을 다한다. 나는 성욕이 평균치를 넘어간 사람이라 지갑 속 지폐 몇 장으로 성을 구매한다. 돈을 지급했고, 한 시간이 즐거웠다. 그는 열심히 일해서 돈을 벌었다. 세금도 냈다. 이곳에선 합법이니 죄를 지은 사람은 없고 벌을 받을 사람도 없다.

합리적인 소비처럼 보이지만, 나는 이 상상만으로도 사람이 우스워졌다. 그렇다면 이것을 실제로 행하고 그 행위가 여러 번 반복되었을 때 내게 남'성'은 얼마나 우스운 것이 될까?

돈을 주고 산 수많은 남성의 가벼운 웃음을 보는 눈이 모든 남성에게 확장되지 않으리란 확신은 없다. 그렇다면 성매매가 합법인 이 나라에서 여성의 인권은 얼마나 존중될 수 있을까?

몇십만 원이면 내 멋대로 여성의 몸 위에서 군림할 수 있고, 그것이 죄가 되지 않는 사회에서 평범한 남성이 평범한 여성에게 '홍등가에 널린 게 여잔데 네가 감히.'를 하지 않는 게 가능할까? 돈이 있는 사람과 돈이 필요한 사람의 거래가 성립되는 것은 활자상 맞지만, 돈만 있으면 자유롭게 취할 수 있는 여성의 인권은 어느 위치에 있는 것일까?

'일부' 남성의 참지 못할 욕구와 성적 호기심을 위해 여성의 '성'을 판매하는 것이 합법화 된다고 해서 성범죄율이 줄어들었다는 통계는 본 적이 없다. 따라서 성매매를 포함한 모든 성범죄는 '인간이라면 있는 기본적 욕구' 때문에 발생하는 것이 절대로 아니다.

예쁜 것은
다 너를 닮았다

처음엔 비교적 저렴한 스트립쇼를 보려는 가벼운 마음으로 홍등가로 갔다.

"모든 것이 합법인 나라라니. 이렇게 쿨할 수가! 죄도 아닌데 구경쯤 이야!" 하며.

유사성행위를 하는 사진들이 거리마다 붙어있고, 그 옆에 줄지어 있는 유리문 안에선 신체 부위를 아슬아슬하게 가린 여성들이 몸을 흔들고 있었다. 흡사 쇼핑몰 안에 전시된 인형, 혹은 옷이나 가방 따위와 다를 게 없었다. 그 앞을 예닐곱 살쯤 되어 보이는 남자아이가 엄마의 손을 잡고 걸어가고 있었다. 홍등가를 가로지르던 엄마와 아들은 무슨 말을 주고받았을까?

나는 서둘러 그곳을 빠져나왔다.

|새벽 3시 57분

당신의 발아래 놓인 수많은 어제는 눈부신 기쁨과 눅눅한 슬픔의 반복이었겠죠.

뿌리 깊은 비통에 휘청거리던 그날도 당신이 모르던 새에 거름이 되어 어여쁜 꽃이 되었잖아요. 꽃에 가시 좀 돋으면 어때요. 그 가시가 당신을 지켜줄 거예요.

외로움과 열등감으로 너덜너덜해진 마음은 이제 다 아물고 예쁘게 성장할 일만 남아있어요.

매일 밤 기도해도 나아지는 게 없겠지만, 오늘은 흘러 다시 어제가 될 거고, 또 당신의 발밑에 움을 틔울 거예요. 그러면 내일이 오고 다시 버티며 살아가겠죠.

우리는 모두 여행 중이잖아요.

예쁜 것은
         다 너를 닮았다

몸집만 한 배낭 메고 모래바람 매섭게 부는 사막을 물 한 통 없이 걷고 있는데, 외롭지 않으면 이상한 거죠. 이 길이 맞는지도 확신할 수 없어 불안하겠지만 그래도 괜찮아요. 돌고 돌더라도 이 길의 끝엔 분명 빛이 있을 거예요.

넘어지고 굴러서 생긴 당신의 상처는 절대로 당연한 게 아니라고, 이대로도 충분히 잘 하고 있다고 수백 번 말해줄게요. 지금 우리는 새벽 3시 57분을 살고 있다고 생각해요. 곧 해가 뜰 거예요.
내 것임에도 내 멋대로 할 수 없고, 내 맘처럼 되지 않는 인생을 살아내느라 고생했어요.

수고했어요.
당신, 힘내요.

| 루사카의 붉은 꽃길

어렵게 결정 난 숙소의 장점은 하룻밤 7천 원이라는 저렴한 숙박비 뿐이었다. 방문을 열자마자 퀴퀴한 냄새가 났다. 침구엔 곰팡이가, 벽에는 거미줄이 있었다. 베드버그가 있을 거란 확신에 침대는 들추지도 않았다. 보지 않는 게 마음이 편했다.

아프리카의 숙소는 캠핑카를 이용한 트럭킹 관광객들을 위한 곳이 대부분이라 배낭여행객에겐 값이 비쌌다. 이곳은 짐바브웨, 보츠와나 같은 주변국, 혹은 수도 루사카가 아닌 지방에서 업무차 올라온 현지인들이 머무는 숙소였다. 그래서인지 치안이 썩 좋아 보이지 않았다. 위치도 음산했다. 숙소에 외국인이라고는 탄자니아에서부터 함께 넘어온 원주부부와 진우, 그리고 나, 이렇게 네 사람뿐이었다.

호스텔의 하나뿐인 입구 앞 도미토리는 문을 잠글 수 없었다. 때문에 원주부부의 개인룸에 중요한 짐을 놓고 다녔다. 아프리카의 숙소에 자주 도둑이 든다는 사실을, 그 도둑의 8할이 직원이라는 사실을 모르는 것은 아니었으나, 이제껏 무사했으니 앞으로도 괜찮을 거라는 안일함으로 방심했다.

저녁 7시 즈음, 우리는 좁은 마당에서 고기를 구워 먹고 있었다. 루사카의 거리에 늘어선 붉은 꽃나무가 마당에서도 자라고 있었다. 나는 왕 강낭콩이 까맣게 매달린 이 불꽃나무(flamboyant tree)를 태어나 처음 보았다. 딱히 꽃을 좋아하는 편도 아니었는데, 보는 순간 사랑에 빠졌다. 셔터를 눌러 사진에 담았고, 볼 때마다 예쁘다며 수선을 피웠다. 멀리 시내에서 터지는 폭죽과 선선한 날씨, 술과 수다가 더해져 완벽한 시간이었다.

식사를 끝낸 나는 개인룸에 둔 짐을 찾으러 갔다.

"안녕히 주무세요."

인사를 하고 가방을 들어 올렸는데, 가방이 맥없이 딸려왔다. 노트북이 들어있어야 할 가방이 텅 비어있었다. 늘 오빠가 쓰던 것을 물려받아 썼는데, 여행 가겠다는 딸을 위해 아빠가 사주신 새 노트북이었다. 자신의 가방을 열어보던 원주언니의 얼굴도 사색이 되었다.

"카메라, 노트북, 현금, 다 없어졌네요!"

방을 비운 건 한 시간 남짓이었다. 우리가 들어왔을 때 방문은 잠겨 있었으므로, 범인은 방 열쇠를 가지고 있는 사람일 것이다. 낮 동안에도 같은 상태로 방을 비워두었으나 아무도 들어가지 않았다. 범인은 우리가 마당에서 고기를 구워 먹는 순간을 노렸을 것이다. 언제 들어올지 모를 낮이 아닌, 한동안 방에 들어오지 않는 확실한 때를 노린 것이다. 충전 중이던 내 휴대폰은 훔쳐가지 않았다. 우리가 작은 가방을 들고 그 방을 드나든다는 사실을 알고 애초에 가방만이 목적이었을 것이다.

호스텔에서 밖으로 나갈 수 있는 문은 우리가 있던 마당 옆 대문뿐이었다. 마당에 있는 동안 호스텔을 들어오거나 나간 사람이 없었으니 분명 호스텔 안에 있는 사람의 소행이다. 대문이 아닌 쪽문은 호스텔 직원만 이용할 수 있었다. 호스텔에 우리의 물건이 없다면 쪽문으로 물건을 빼돌린 것이고, 그렇다면 그것은 직원의 짓이 틀림없었다. 심증은 확실하니 물증을 찾아야 했다.

"우리 방에 도둑이 들었고, 우리는 전부 잃어버렸어."

이 말을 들은 호스텔 직원은 먹어도 되는지 의심스러운 생선을 튀기며 "그래? 잘 찾아봐."라고 시큰둥하게 대답했다. 시선은 프라이팬에 고정한 채로.

"스페어 키를 가진 사람이 범인이야. 문은 다시 잠겨있었거든. 스페어 키 누구한테 있어?"

직원은 호스텔에 마스터 키나 스페어 키는 없고 우리가 가진 열쇠 하나가 전부라고 했다. 말도 안 돼!

"경찰과 너희 사장을 불러줘! 그리고 우린 지금부터 호스텔을 뒤질 거야!"

내가 소리쳤다. 직원들은 그제야 고개를 들었지만 "경찰을 부르는 건 좋은 생각이 아닌 것 같은데."라며 다시 시선을 생선에게 돌렸다. 우리는 잠비아 번호가 없어 경찰서에 전화를 할 수 없었다. 결국 진우가 어두운 밤길을 걸어 혼자서 경찰서로 향했다. 나와 원주부부, 세 사람은 그동안 호스텔 구석구석을 뒤졌다.

경찰이 오자 직원들의 태도가 바뀌었다. 양손을 공손히 모으고 몸을 떨었다. 고개를 숙인 채 덥지도 않은데 자꾸만 땀을 닦아냈다.

장담하건대 이 도난사건은 처음 있는 일이 아닐 것이다. 수많은 관광객들이 우리처럼 숙소에서 도난을 당했을 것이다. 경찰도 처음엔 호스텔 직원을 나무라는 듯했다. 하지만 증거를 찾을 수 없을 거라 확신하자 말도 안 되는 궤변을 늘어놓으며 사건을 종결시키고 돌아갔다.

"너희가 범인이 틀림없어. 물건을 돌려줘. 그렇게 살지 말라고!"

분한 마음에 나는 직원에게 고래고래 악을 썼다. 그들은 눈을 내리깐 채 손을 떨었다.

다음날 아침 눈을 뜨자마자 보험사에 제출할 경찰 리포트를 받기 위해 경찰서를 찾았다. 어젯밤 숙소로 와 상황을 다 알고 있는 경찰은 퇴근하고 없었다. 처음부터 모든 상황을 장황하게 설명하고 함께 숙소로 가서 현장을 보고 다시 경찰서로 돌아오는 데 오전시간을 모두 써버렸다.

사건 경위서를 작성하자 거의 점심때가 다 되었다. 이 사람 저 사람에게 넘겨지며 똑같은 상황을 다섯 번 이상은 말했다. 더는 참을 수 없었다.

"도대체 언제까지 기다려야 하는 거야?"

그들은 뚱한 표정으로 볼멘소리를 하는 나를 안쪽 사무실로 안내했다. 사무실 구석에 앉은 남자는 사람 좋은 웃음을 흘렸다.

"좋아. 리포트를 써줄게. 14일 뒤에 찾으러 와!"

맙소사. 14일이라니. 화가 부글부글 끓어올랐다.

"우린 내일 다른 도시로 떠나야 해. 당장 써줘."

시간이 부족한 건 아니었지만 루사카는 볼 것도 할 것도 없는 도시였다. 게다가 이 망할 도시에 단 하루도 더 있고 싶지 않았다. 남자는 그 말을 기다렸다는 듯 볼펜 하나를 들고 내 쪽으로 몸을 기울였다. 그리고는 테이블 위에 어지럽게 쌓인 서류 중 한 장을 뽑아 들더니 귀퉁이에 '500'이라고 썼다.

"이 돈을 주면 오늘 써줄 수 있지."

내 안에서 이성의 끈이 툭, 끊어졌다.

"이런 씨! 야! 도둑은 내 노트북 가져가고! 너네는 돈 가져가고! 창조경제다! 창조경제!"

나는 자리를 박차고 일어나 우리말로 소리쳤다. 어차피 대화로는 해결할 수 없는 문제라는 걸 알았다. 내 분노는 이미 극에 달했다. 그러니 번역 필터라든지 비속어 필터를 거칠 수 없었다.

"뭐라 하는 거야?"

경찰은(아니 도둑은) 여전히 사람 좋은 미소를 지으며 진우에게 물었다. 주변에서 키득거리는 소리가 들렸다.

그날 늦은 저녁 우리는 시내 골목길에서 만나 밀거래를 하듯 400콰차(5만 원 정도의 돈. 500콰차에서 100콰차를 깎았다)와 경찰 리포트를 교환했다.

경찰 리포트를 받고 돌아오는 길에 만난 불꽃나무는 석양과 어우러져 '역대급'으로 예뻤다.

그 밤, 나는 다시는 못 올 곳인 양 오래도록 루사카의 붉은 거리를 눈에 담았다.

| 나만의 기념일

여행을 떠나온 지 석 달 하고 며칠이 더 흘러 100일이 되었다. 그동 안 열다섯 번의 무한도전을 봤고, 여섯 번째로 손톱을 잘랐다. 자라라 는 머리는 지지리도 안자라서 이제 겨우 김병지 꼴을 하고 있는데, 손 톱은 참 잘도 자란다. 혼자 맞는 기념일이라 누군가 챙겨주지 않아도 서운하지 않은 나만의 기념일.

하루에도 몇 번씩 마음이 변하는 변덕쟁이의 여행엔, 골라낸 답안에 대한 후회와 남겨진 많은 선택지 속의 미련들이 넘실거린다. 앞으로 남은 여행도, 그리고 내 인생도 그렇겠지.

|23시간짜리 하루

내가 열차에 올라탄 이유는, 아니 러시아로 온 이유는 '시베리아 횡단열차'라는 단어가 주는 낭만 때문이었다. 애초에 내 여행이 대단한 목적 없이 시작된 걸 생각하면 그것은 타당한 이유였다.

레일 위에 기다랗게 들어선 기차는 키릴 문자로 깔끔하게 테이핑 되어 있다. 여행 중 타 본 여느 기차보다도 좋아 보여 마음이 들떴다. 그런데 기차에 올라타기 위해 제일 아래 파란 계단을 밟았을 때 녹슨 계단이 눌리는 느낌이 좋지 않았다. 게다가 열차 문은 30년 만에 처음으로 열린다는 듯 "끼이이잇" 공포영화에 나올 법한 괴상한 비명을 내질렀다.

열차는 모스크바 시각이 기준이 된다.

내가 타는 열차는 16:02에 출발한다고 명시되어 있지만, 사실은 다음날 새벽 01:02에 출발하는 열차였다. 기차는 1초의 시간도 용납지

예쁜 것은
다 너를 닮았다

않고 1시 2분이 되자마자 출발했다. 자리를 청소하고 옷을 갈아입고 누우니 1시 30분.

내 키가 160cm인데도 문으로 드나드는 사람들이 자꾸만 발에 차였다. 키 큰 러시아 사람들은 이 작은 침대에 어찌 눕는 건지 걱정이 됐다. 침대 밖으로 발들이 나와 있어 복도에서 쳐다보면 섬뜩하기까지 했다.

딱히 잠을 설친 건 아니지만 오전 9시가 넘어 눈을 떴다. 어제는 밤이라 몰랐던 것들이 선명하게 들어왔다. 엄청나게 많은 먼지가 희박한 공기 속을 떠다니고 있다든지, 대각선 2층 자리에서 소란스럽게 이부자리를 깔던 러시아인이 잘 생겼다든지, 물건을 대충 넣어두었던 사물함이 아주 지저분하다든지.

구소련 느낌의 제복을 입은 두 명의 남자가 다가와 러시아어로 말을 걸었다. 오른쪽엔 총을, 왼쪽엔 몽둥이를 차고 있었다. 괜한 두려움으로 내 동공이 흔들리자 "티케트, 패스폿." 또박또박 발음했다. 그들은 내게 말을 걸고 내 여권과 나를 번갈아 쳐다보고, 내게 티켓을 돌려줄 때까지 단 한 번도 웃어주지 않았다. 뭐 딱히 웃을 이유는 없지만 왜 사람이 따뜻한 남쪽에서 살아야 하는지 알 것도 같았다. 러시아 사람들은 일하다 웃으면 본업에 진지하게 임하지 않는다는 인식이 있다고 했다. 나는 여행객이자 그들 삶의 침략자이니 그것을 이해해야 한다.

창밖은 계속해서 눈 투성이다. 해가 기우뚱하는가 싶더니 눈 쌓인

낮은 동산 뒤로 넘어간다. 눈덩이를 열매처럼 주렁주렁, 우스꽝스럽게 품은 나무들 사이로 붉은빛이 장엄하다. 하늘이 단지 하늘색만은 아니라는 걸 절절히 깨닫는다.

얕은 불빛만이 복도를 비추고, 그마저도 2층 침대에 막혀 내 몫으로 떨어지는 빛이 적다. 당장 책을 덮으면 할 일이 없기에 빛을 쫓아 책과 고개를 뻗는다. 불이 꺼질 때까지 책을 읽는다. 열차에 불이 들어와 저녁나절 책을 읽을 수 있는 시간은 두 시간 남짓이다. 하루가 간다. 겨우 두 밤이 지나간다.

자고 일어나니 시차가 바뀌어있다. 시차는 매일 한 시간씩 당겨진다. 그러니 나는 시계상으로 열차 안에서 매일 23시간의 하루를 보내는 것이다.

시간표를 알아보기 힘들어지자 시계를 아예 모스크바 시각으로 맞춰놓았다. 아침에 눈을 뜨니 새벽 4시였다. 실제로는 7시나 8시쯤 되었으리라. 반쪽만 남은 달이 아직 떠 있고, 분홍색 구름은 물에 떨어진 한 방울의 물감처럼 예쁘게 번져있다.

며칠 동안 같은 풍경이다. 러시아의 매몰찬 바람에 해를 향해 뻗어가지 못한 나무들이 더러 누워있다. 물이 얼고 그 위로 내려앉은 눈은 하얗다 못해 빛이 난다. 해가 내리쬐는 한낮의 열차 안은 한여름처럼 덥다. 때문에 창밖의 흰 눈은 다른 세상같이 낯설다. 초콜릿 하나를 꺼내 먹으며 어제 다 읽은 책을 뒤적인다.

'만약 네가 힘들고 외롭다면, 무엇이 자신을 행복하게 만드는지 모르고 있기 때문이야. 그리고 그것을 알 수 있는 유일한 방법은 홀로 여행을 떠나는 것이야.'(『내가 혼자 여행하는 이유』 카트린 지타)

마음에 드는 문장엔 밑줄도 그어본다.

나랴흐는 숨을 크게 몰아쉬는 사람이었지만, 고맙게도 서양인에게서 나는 특유의 냄새가 없었다. 19살 청년으로 나의 첫 번째 짝꿍이었다. 내 나이를 듣고는 '18살 같아.'라고 적힌 번역 어플을 보여줬다. 그것으로 좋은 녀석이라고 생각했다. 영어를 전혀 하지 못했지만, 번역기와 바디랭귀지를 이용해 나와 대화를 나누는 데 꽤 흥미를 보였다.

"한국에서 사는 건 어때?"

"한국은 이렇게 춥지 않아."

"지금은 3월 말이잖아. 하나도 안 추워."

내가 그의 글을 번역된 한국말로 읽는 동안 나랴흐는 허리를 세워 가슴을 쫙 폈다.

'남자의 허세는 만국 공통이군.'이라고 써 번역기를 돌려 보였지만, 그는 몇 번을 바라보다가 결국은 고개를 갸웃했다. 아마도 제대로 번역이 되지 않은 모양이다.

이후 몇 정거장마다 짝꿍이 바뀌었다. 들고 있던 간식을 건네기도 했고, 러시아어로 또박또박 내게 말을 걸기도 했다. 그들은 늘 내게

104 예쁜 것은
다 너를 닮았다

노쓰코리안이냐 물었다.

마지막 날 눈을 뜬 것도 새벽 4시였다. 일곱 차례나 바뀌던 시차의 종착역이다.

늦은 밤보다 이른 아침을 더 좋아하는 나는 열차가 멈추자 신이나 밖으로 뛰어나갔다. 도착하기 전 마지막 정차시간이었다. 비가 추적 추적 내리고 있었다. 후드를 뒤집어쓰고 조금 걸었다. 모스크바까진 이제 몇 시간 남지 않았다.

침대 아래에서 가방을 꺼내 하나씩 정리했다. 7박 7일의 기차여행이 끝이 나는 중이었다. 막연히 궁금했던 기차여행이 긴 시간에 걸쳐 천 천히 장렬하게 또 허무하게 막을 내리고 있었다.

빠까 시베리아. 빠까 횡단열차. 스파시바.

|좋은 사람

"이것도 주세요!"

진우는 가슴팍에 품고 있던 사탕과 초콜릿을 와르르 쏟아냈다. 얼추 세 보아도 수십 개였다. 나는 열차 안에서 우리가 함께 먹을 키뭄부아 (튀긴 술빵)를 사는 중이었다.

그와 나는 보통 얼마의 기간에 쓸 돈을 한데 모아 공용비로 사용했는데, 그 돈은 모두 내가 가지고 있었다. 군것질을 좋아한다는 건 알고 있었지만, 3일간의 기차여행에 이건 좀 과하지 않나 싶었다. 이것을 다 살 만큼의 돈을 쓰고 싶지 않았다. 그는 내 생각을 읽은 듯 자신의 지갑에서 사탕과 초콜릿 값을 따로 꺼냈다.

기차가 지나가자 멀리서부터 세 살 정도로 보이는 남자아이가 한 손으로는 흘러내리는 바지를 붙잡고, 다른 한 손으로는 기차를 향해 손을 흔들며 뛰어왔다. 자동차도 보기 힘든 마을에서 일주일에 두 번씩 지나가는 이 기차는 아이들에게 꽤 큰 볼거리인 것 같았다.

진우는 드디어 때가 왔다는 듯 가방에서 미리 사둔 사탕과 초콜릿을 꺼냈다. 그 모습이 마치 사춘기 남학생이 짝사랑하는 소녀를 위해 등 뒤에서 꽃다발을 꺼내놓는 것 같았다. 요컨대 들뜨고 행복해 보였다. 그는 작은 마을을 지날 때마다 위험할 만큼 가까이 다가오는 아이들에게 신이 난 얼굴로 간식을 하나씩 던져주었다.

진우는 좋은 사람이었다.

'좋은'이 가지는 객관적 의미는 잘 모르겠지만, 적어도 나보단 '좋은 사람'이었다. 나는 맨발의 코흘리개에게 줄 무언가는 생각지도 못했으니까. 나는 아이들을 좋아하지 않고, 이타적인 생각을 하지 못하는 모자란 사람이었다. 모자란 내가 좋은 사람을 마음에 품었다. 더는 누군가에게 사랑받을 수 없을 것이라 여기고 사랑받으려는 노력조차 하지 않았다. 내 행복보단 남의 불행이 원동력이 되던 날들이었다.

좋은 사람은 좋은 사람을 만나게 된다. 그것이 순리임을 믿는다. 그렇기에 나는 진우를 만나고 좋은 사람이 되고 싶다는 생각을 했다. 누군가의 온기가 부족할 때, 그 곁을 지키는 사랑받는 사람이 되고 싶었다. 좋은 사람의 옆에서 내가 가진 작은 것을 나누며 행복해할 줄 아는 온전히 좋은 사람이고 싶다.

| 자정에 띄우는 편지

밤의 허리께 시간.

매캐한 자정의 냄새가 오후에 내린 비 냄새에 섞여 눅눅하게 몰려옵니다. 당신의 이마부터 발뒤꿈치까지 찬찬히 뜯어가며 생각하다 모르게 맺혀버린 코끝의 매운 내를 이길 만큼 강력한 냄새입니다.

숱한 시간을 함께 보냈음에도 불구하고 나는 당신이 궁금해서 잠을 이룰 수 없습니다. 관계의 사이에 존재하는 거리는 얼마나 알고 있는지가 아니라, 얼마나 알고 싶은지에 따라 정해지는 것일지도 몰라요.

나는 그저 멜로디를 흥얼거리지만 당신은 정확히 가사를 알고 있던 팝송에,

당신이 먼저 방문해 찍어두었던 사진 속 장소에,

열심히 하지 않았지만 당신에게 배웠기에 더듬어 말할 수 있는 스페인어에,

예쁜 것은
다 너를 닮았다

떴다 하면 당신의 입에서 "예쁘다" 소리가 나오던 초승달에,

잠들기 전 읽고 또 읽는 당신이 써준 편지 안에,

어디에도 당신이 있는데, 어디에도 없는 당신 때문에 나의 자정은
춥습니다.

전하고 싶은 것은 많은데, 말과 글은 길어질수록 구차해지는 것 같
아요.

나, 당신의 지나간 아픔까지 보듬고 싶어요, 이 한마디면 될 것을.

내 안에 나보다 더 많이 존재하는 당신에게

당신이 이미 살아낸 오늘의 자정에

당신이 늘 걱정하고 있는 지영이가.

| 괜찮은 나이

"너 지금 그래도 괜찮은 나이라고 생각해?"

다니던 직장을 그만두고 여행을 떠나려 할 때 엄마는 내게 이렇게 물었다.

"언제가 괜찮은 나인데?"

어느 정도는 공감하며 흔들리고 있던 터라 괜히 버럭 고함을 지르고 나니 마음이 불편했다.

나는 분수에서 뛰어노는 아이들을 보았을 때 "시원하겠다. 나도 놀아볼까?"보다는 "와, 저 아이 데리고 집에 갈 부모님은 어쩌지?"를 먼저 떠올릴 나이였다.

그렇다면 아이들은 분수에서 뛰어놀아도 괜찮은 나이이고, 벤치에 나처럼 앉아있는 어른들은 뛰어놀면 괜찮지 않은 나이라고 구분 지을 수 있을까?

사실은 괜찮지 않은 것이 아니라 원치 않는 것이다.

내가 선택한 아주 작은 행위 하나에도 얻는 것과 잃는 것이 존재한다. 어른이 되어가면서 얻는 것과 잃는 것에 대한 저울질이 늘어간다. 그러면서 눈에 보이지 않는 것을 얻기보다는, 내가 가진 것을 잃지 않는 쪽을 택하게 된다. 우리가 '그래서는 괜찮지 않은 나이'라고 칭하는 행위들은 대부분 눈앞에 당연하게 있는 것을 잃게 만든다.

해가 거듭될수록 '분수에서 뛰어노는 행위'는 하고 싶고 행해야 할 일로 선택되지 않는다. 우리는 "아. 더워 죽겠다. 저 분수에 들어가 뛰어놀면 원이 없겠네."라는 말을 내뱉고도 시내 한가운데에 있는 분수 속으로 뛰어 들어가지 않는다. 그것은 '그래서는 괜찮지 않은 나이'여서가 아니다. 내 앞에 당연히 존재하는 것들(이를테면 감기에 걸리지 않은 몸, 집으로 쾌적하게 돌아갈 수 있는 상태, 불특정 다수의 관심 없는 시선 등)을 놓지 않으려는 게 더 커, 그 행위를 원치 않는 것이 된 것이다.

내 나이의 여행도 그렇다.

모든 것을 내려놓고 여행을 떠나면 '그래도 괜찮지 않은 나이'가 아니라 '좀 더 잃을 게 많은 나이'일 뿐이다. 나는 추억과 행복 같은 손에 넣을 수 없는 것들을 얻는 대신, 돈과 직장 같은 눈에 보이는 것들을 잃었다. 나는 그것이 괜찮다. 그래도 괜찮은 나이다. 더 잃어도 난 괜찮다.

| 미안해요, 미안해요

지구에서 한국을 작대기 하나로 푹 찍었을 때 그 끝이 닿는 부분이 아마도 내가 있는 이곳 남미일 터였다.

오빠는 5년 전 유학길에 올랐다. 오빠가 좋아하는 고기를 며칠 내내 먹이던 엄마는 오빠가 떠나자 입맛을 잃었다. 공항에서 오빠를 보내고 손끝으로 눈물을 찍어내던 엄마의 모습을 잊지 못하는 나는 일 년이 넘도록 집에 들어가지 못했다.

하나는 북미에, 하나는 남미에 나와 있는 올 어버이날. "성당에서 카네이션을 주던데 그거라도 받아올걸 그랬나 봐."라는 말로 엄마는 쓸쓸함을 전했다.

어떨 땐 잠들기 전 '잘 잤느냐?' 묻고, 가끔은 눈을 뜨고 일어나면서 '점심은 먹었느냐?' 물으셨다. 한국이 여름의 문턱으로 가고 있는 요즘엔 '두꺼운 옷 좀 사 입어라.' 말씀하신다. 매일 나의 시간과 날씨를 함께하고 있는 게 분명하다.

보고 싶다, 언제 오냐, 통화 끝마다 묻는 엄마가 여행하실 때 얼마나 행복한 모습인지 알면서도 혼자만 좋은 것을 볼 때면 늘 마음 어딘가가 아리고 불편하다.

물리적으론 이보다 더 멀어질 수 없지만, 심적으론 엄마와 가장 가까운 나날들을 보내고 있다.

시간의 무게에 눌려 주름진 당신을 외면해서 미안해요.

나라는 열매를 틔우느라 정작 당신은 시들어버리게 했어요.

다 괜찮다는 당신의 거짓말에 기쁜 마음으로 속아서 미안해요.

백한 개를 받고도 더 주지 않는 반개를 탐해 미안해요.

해준 것도 없는데 잘 커주었다 말하는 당신께 자랑스러운 딸이 되지 못해 미안해요.

단 하루도 자신을 위해서는 쓰지 못한 당신의 손을 잡아드리지 못해 미안해요.

드린 것이라곤 상처와 걱정밖에 없어요.

한 걸음 떨어져 당신을 보니 얼마나 작은지요.

미안해요.

미안해하지 말아요.

예쁜 것은
다 너를 닮았다

나는 여전히, 영원히, 엄마가 필요해요.

이 말이 한줄기 위로가 되어 당신에게 닿길 바랍니다.

|바보 같고 한심하고 엉성하고 어설픈

시내로 가는 버스에서 내린 직후부터 어지러웠다. 입에서 신물이 나고 식은땀까지 쏟아졌다. 결국 앉아있던 벤치에서 미끄러져 땅바닥을 뒹굴었다.

본래 건강한 몸이 아니었다.

365일 중 300일 정도는 배가 아팠다. 배가 아프지 않은 날에도 설사를 했다. 빈혈쯤이야 눈 밑에 점처럼 달고 있는 아이였고, 비염이 찾아오지 않는 날이면 감사했다. 운동이라곤 쥐뿔도 안 해봐서 몸치에 체력도 약하고 힘도 없었다.

그럼에도 불구하고 자연치유를 고집하던 나는 1년 넘게 가지고만 다니던 진통제 하나를 까먹고서야 정신을 되찾았다. 생리도 예정보다 일주일이나 늦어졌다. '이제 너를 망가뜨리는 일을 그만둬.' 하며 몸이 신호를 보내고 있었는지도 모른다.

갑자기 쏟아지는 소나기를 속수무책 온몸으로 맞았다. 숙소로 가기 위해 올라탄 대도시의 퇴근 지하철에서 시루 안에 콩나물처럼 30분간 꼼짝을 못하고 서있었다. 이것이 멕시코시티와의 첫 만남이었다.

아침에 2층 침대에서 일어나다 천장에 머리를 찧었다. 정말 오늘은 아무것도 하고 싶지 않았다. 하지만 멕시코시티를 들르게 되면서 세웠던 단 한 가지 계획이 있었는데, 그것은 해와 달의 피라미드가 있는 떼오띠우아깐을 가는 것이었다. 포기하고 싶은 마음은 굴뚝같았지만, 짐을 챙겨 억지로 기어 나왔다.

꽤 이른 시간이었지만 소깔로를 구경하고 적당한 가게를 골라 타코와 오르차따(스페인의 대표 음료로 우리나라 식혜에 계피를 넣은 것 같은 맛이 난다.)를 먹는 데 시간을 전부 보내버렸다. 떼오띠우아깐을 구경하는 데는 많은 시간이 걸리지 않는다 했고, 너무 일찍 가면 그늘이 없어 햇빛을 오롯이 다 받아내야 할지도 모른다는 계산도 있었다. 어쩌면 시간을 때우기 위해 부러 게으름을 피운 것인지 모르겠다.

피라미드 행 버스터미널에 도착한 건 2시였고, 버스가 출발한 건 2시 15분이었다. 표를 살 때 한 번, 짐 검사 후 부스 안으로 들어갈 때 한 번, 버스에 올라타기 직전에 한 번, 세 번이나 이 버스가 맞는지 확인하고 올라탔다. 그리고는 곧장 잠이 들었다. 도착 예정시간이 되기 전에 눈을 떴는데, 엉뚱한 시골 마을의 버스정류장에 멈춰있었다. 승객들은 모두 내린 뒤였다.

버스에 탈 때부터 관광객은 나 혼자뿐이었고, 늦은 오후에 피라미드를 찾는 사람이 없어 버스기사는 피라미드 행 손님이 없는 줄 알고 멋대로 목적지를 바꾼 것이었다.

"뽀르께, 노 이르 삐라미드! 띠에네스 께 이르 아 삐라미드!"

기사 아저씨는 왜 피라미드로 가지 않느냐고 엉터리 스페인어로 소리치는 나를 미안함 반, 귀찮음 반이 섞인 눈빛으로 쳐다보았다.

잠시 뒤 그는 나를 온갖 곳에 다 멈추는 마을버스에 갈아 태웠다. 한참이 지나도 출발할 생각을 않는 허름한 마을버스 맨 앞자리에 앉아 검지로 손목시계를 톡톡 치고 있자니 또 눈물이 났다. 하, 이 울보를 어떡하면 좋나. 엄마 아빠는 "우리 딸 여행박사 다 됐겠네!"라고 하셨지만 나는 아직도 이렇게 엉성하다.

멕시코용 심카드가 없으니 '엉뚱한 곳에 왔지 뭐야!' 하며 누군가에게 하소연할 수도 없었다.

스페인어가 짧으니 '당장 버스를 몰아서 날 데려다 놔!' 하며 소리칠수도 없었다. 내가 할 수 있는 일이라곤 씩씩거리며 흐르는 눈물을 손등으로 훑어내는 것뿐이었다.

결국 피라미드에 도착한 시간은 오후 5시. 문이 닫히기 겨우 두 시간 전이었다. 버스에서 내리자마자 빌어먹을 장대비가 어제보다 더 우렁차게 몰아치며 나를 조롱하고 있었다. 사진 촬영을 위해 몇 주 만에 입은 청바지가 홀딱 젖은 채 나는 떼오띠우아깐 입구 앞에 한참을 서

있었다.

"티켓 여기서 사면 돼! 아직 넌 들어갈 수 있어."

멍하니 서 있는 나를 보고는 매표소 안에 있던 아저씨가 우산까지 쓰고 나와서 안내했다. 나는 고맙다는 말만 남기고 뒤돌아서서 다시 버스를 타러 갔다. 서두른다면 다 보고 나올 수도 있는 시간이었다. 하지만 곧장 멕시코시티 행 버스에 올라탔다.

무섭도록 쏟아지는 비는 이미 도로를 점령했다. 차는 오도가도 못 한 채 한 시간을 그대로 서 있었다. 나는 초등학생처럼 서리 어린 창에 손가락으로 보고 싶은 사람의 이름을 꾹꾹 눌러 썼다. 아랫입술에 피가 나는 줄도 모르고 꽉 깨물었다. 우는 것보단 차라리 그게 나았다.

내 여행은 멀리서 보면 꽃가루가 날리고 폭죽이 터지는 희극이지만, 가까이서 본다면 짠할 만큼 비극이다. 나는 내가 여행을 통해 작은 것에 행복을 느낄 줄 아는 꽤 괜찮은 사람으로 성장했다고 믿었다. 나는 그대로 나였다. 바보 같고 한심하고 엉성하고 어설픈.

| 이국에서 맞이하는 명절

친할머니와 함께 살던 우리 집은 명절이면 대문 밖까지 신발이 나와 있고, 그나마도 자리가 없어 신발 위에 신발을 얹어 쌓아놓았다. 장롱 위에 일 년 내내 올려놓았던 큰 상을 거실에 펼쳐놓았고, 그 위엔 종일 먹을거리가 놓여 있었다. 좁은 부엌엔 번갈아가며 누군가가 상주해 있었고, 간장 냄새와 기름 냄새, 웃음소리와 대화소리가 끝이 없었다.

외할머니가 계시는 해남 땅끝마을을 가기 위해 해가 뜨기도 전에 도시락을 싸 들고 아빠의 카니발에 올라탔다. 오빠와 내가 각각 앞뒤로 세 명분의 자리를 차지하고 누워 노래를 크게 틀고 가는 동안 차는 12시간을 넘게 도로에서 보냈다. 대문 앞에서 눈 빠지게 기다리던 외할머니는 90도로 굽은 허리를 힘겹게 들어 올리면서 환한 웃음으로 우리를 맞아주셨다.

오빠가 유학길에 오르고, 친할머니가 돌아가시고, 내가 직장을 다니고, 점점 시간을 맞추는 게 힘들어지면서 우리는 북적북적한 명절을 잃었다. 짧은 한가위를 맞이한 우리 가족의 좁은 식탁엔, 내가 좋아하는 잡채와 깻잎전만이 놓였다.

오늘은 이집트에서 맞이하는 추석.

오랜만에 큰 식탁에 부족함 없이 음식을 올려놓고 둘러앉아 화기애애한 명절을 보냈다.

내가 사랑하는 엄마의 깻잎전과 잡채는 없지만, 나를 반갑게 맞이해주는 외할머니는 안 계시지만, 길 위에서 만난 소중한 인연들과 함께하는 특별한 명절. 타지에서 맞이하는 이 밝은 날이 더없이 포근하다.

| 그럼에도 불구하고 인생은 아름다워

여행을 떠나기 이틀 전 때맞춰 재개봉한 「인생은 아름다워」를 보기 위해 혼자서 영화관을 찾았다. 몇 번이나 반복해 본 영화였지만, 이번 에도 터질 것 같은 가슴을 퍽퍽 치며 고구마를 먹다 얹힌 기분으로 영 화관을 나왔다. 영화의 제목을 「인생이 아름다워?」로 바꿔주고 싶었 다. 아니면 많이 봐줘서 「인생은 아름다울 수도 있지」 정도라도. 누군 가의 추천으로 이 영화를 처음 보았을 때, 나는 큰 충격을 받았다. 내 나이 고작 스무 살이었고, 유대인의 비극에 대해 잘 알지도 못했던 때 였다.

그러니 내가 폴란드에 들어오기 전부터 꼭 가고 싶었던 곳이 아우슈 비츠 수용소라는 건 당연한 일이었다. 귀도와 조슈아가 살았을 돼지우 리, 혹은 누군가의 사물함 같은 그 수용소에 나는 꼭 가보고 싶었다.

크라코우에서 자그마한 봉고차를 타고 한 시간가량을 달렸다. 이 작은 시골 마을이 유럽 각지에서 유대인들을 태워와 집합시키기에 가장 적합한 위치였다고 한다. 그들이 탔던 기차는 제대로 몸을 움직이기도 힘든 닭장 같은 곳이었다. 그 작은 기차에 몇백 명씩 포개져 실려오는 며칠 동안 질병 등으로 기차 안에서 죽은 사람도 허다했다.

'노동이 너희를 자유롭게 하리라.'라는 문구가 입구에 적혀있다. 입소할 때 이 문구를 본 그들은 희망을 느꼈을지도 모른다. 하지만 머지않아 오직 죽음만으로 자유로워질 수 있다는 것을 깨달았으리라.

전시실엔 유대인을 한데 모아놓고 학살할 때 사용했던 가스 용기들이 쌓여있었다. 한 뼘도 되지 않는 아이의 신발, 한겨울에 그들이 입었던 얇고 파란 천 한 장으로 된 생활복, 유대인들의 머리카락을 섞어서 만든 매트리스 등이 전시되어 있었다. 제1수용소 창고에서만 여성의 머리카락이 7톤가량 발견되었다고 한다.

두 시간 정도의 투어가 진행되는 동안 나는 몇 번이나 눈을 감았고, 고개를 흔들어 방금 본 것에 대한 잔상을 지우려 했다. 온몸의 기운이 빠지고 손이 떨렸다.

사람만큼 잔인한 게 있을까?

사람을 죽이는 건 사람이었다. 그들이 죽어 마땅한 이유는 단지 유대인이기 때문이었다. 그들이 살아온 인생도, 살아갈 인생도 중요치 않았다. 무슨 사상을 가졌는지, 어떤 선행을 베풀었고, 어떤 악행을 저질렀는지는 상관없이 유대인으로 태어났다는 이유만으로 죽어야 하는 사람이 되었다.

수용소 안에 있던 그들은 살아있음에 감사했을까?

희망과 자유가 없는 삶은 지옥보다 못하다는 생각이 들었다. 인간
으로서의 존엄을 상실한 수용소에서의 삶은 살아도 사는 게 아니었을
것이다.

영화 속 귀도의 말이 떠올랐다.

"아들아, 아무리 처한 현실이 이러해도 인생은 정말 아름다운 것이
란다."

조슈아를 품에 안고 속삭이던 그 말이 들리는 듯했다.

거짓말. 애석하게도 비관론자인 나는 귀도의 그 말을 믿지 않았다.
누군가의 인생은 절대로 아름답지 못했다.

그럼에도 불구하고, 귀도는 조슈아의 인생을 아름답게 만들 수 있다
고 믿었다.

날이 음산해서 다행이었다. 날씨가 좋았다면 나는 무슨 힘으로 버티
고 서 있을 수 있었을까.

예쁜 것은
다 너를 닮았다

| 흔들리지 않고 피는 꽃이 어디 있으랴

'흔들리지 않고 피는 꽃이 어디 있으랴.'

하지만 우리는 안다. 흔들리지 않고 피는 꽃도 있다는 것을.

최적의 환경에서 피어나 크고 반짝이는 꽃은 분명히 있다.

반면에 보도블록 속에서 움을 틔우고 힘겹게 피워낸 작은 꽃도 있다.

수많은 저항과 흔들림 속에서 피어난 꽃이다.

보살핌을 받으며 튼튼하게 자란 꽃은 아름답고 오래 향기를 내지만,

흔들리며 피어난 작은 꽃은 미세한 바람에도 금방 꺾인다.

때로 자동차나 사람의 발길에 밟혀 흔적 없이 사라지기도 한다.

나는 유독 이 작은 생명들이 사랑스럽고 애틋하다.

작은 바람에도 날아갈 것 같은 이 작은 꽃들이 나인 것만 같아서,
너인 것만 같아서 쪼그려 앉아 자꾸만 들여다보게 된다.

"너만 힘든 게 아니야. 흔들리지 않고 피는 꽃이 어디 있겠니?"
라는 말 대신 이렇게 위로해주고 싶다.

"네가 겪는 숱한 저항과 매서운 바람들은 네 잘못이 아니란다. 흔들리면서도 봉우리를 틔워줘서 고마워."

| 빗속에서 조엘과 함께 춤을

'천둥 번개를 동반한 산발적인 폭풍우' 일기예보는 오늘의 날씨를 이렇게 전했다. 그러니 내가 비를 맞고 돌아온 건 예보를 보지 않은 내 탓이다. 배수시설이 잘 되어있지 않아, 아순시온의 길목들은 이미 바다로 변했다.

무릎 위까지 올라온 물을 헤엄치듯 건너고 헤쳐 어렵게 숙소 앞에 도착했다. 몇 번이나 벨을 눌렀지만 아무도 문을 열어주지 않았다. 문 앞에 서서 와이파이를 잡아보려 애썼다. 그마저도 되지 않자 나는 대문이 부서져라 두드렸다.

"문! 문 열어! 조엘!"

정전이었다. 정전은 온 도시를 마비시켰다. 다행히도 내 외침을 들은 조엘이 현관문을 열어주었다. 프랑스인인 그는 호스텔 사장이었다.

"조엘, 밖이 바다야. 거리가 온통 바다라고!"

나는 조엘에게 큰소리로 말했다. 한 손으로는 물이 뚝뚝 떨어지는 바짓단을 붙잡고, 다른 손으로는 홀딱 젖은 머리를 꾹꾹 눌러 짜냈다. 조엘은 내 꼴을 보고 웃음을 터뜨렸다. "감기 들겠다. 빨리 씻어."라며 걱정해주었지만 꺽꺽거리는 웃음소리에 묻혀버렸다. 나는 어두운 화장실에서 더듬거리며 찬물로 샤워를 했다.

불이 들어오지 않는 작은 방에는 2층 침대 두 개가 꾸역꾸역 들어와 있었다. 어둠이 낭창한 방 안에서 대충 옷을 갈아입고 마당으로 나왔다. 천장으로 막힌 마당 한구석에 자리한 해먹에 걸터앉아 노트북을 켰다. 어차피 와이파이도 되지 않으니 밀린 일기를 썼다. 타닥타닥 자판을 치는 소리와 빗소리가 어우러져 제법 화음이 맞다.

호스텔에 묵는 두 명의 아르헨티나 청년과 한 명의 독일 청년, 그리고 조엘 부부, 모두 부엌에 둘러앉았다. 이제 호스텔 안의 불빛이라곤 조엘이 켜둔 여섯 개의 촛불뿐이었다. 스페인어가 짧은 나는 언제나 대화가 필요한 순간을 피해왔는데, 전기가 들어오지 않는 지금 상황에선 어쩔 도리가 없었다. 배터리가 다 된 노트북과 없는 것이나 다름없는 휴대폰을 닫고 그들 사이에 껴 앉았다. 갑작스러운 폭우와 정전은 남미여행에 큰 흥미를 느끼지 못했던 나에게 더욱 실망감을 안겨주었다.

센뜨로와 조금 떨어진 곳에서 호스텔을 운영하는 조엘은 프랑스에서 요리사였다.

그는 비가 쏟아지자 바빠졌다. 마당에 아무렇게나 널려 있던 빨래를 걷고, 건물이 낡은 탓에 여기저기 새고 있는 비를 양동이에 받아냈다. 고향을 떠나 타향살이를 한 지 몇 해가 흘렀으니 이 나라의 변덕스러운 날씨에 대처하는 법에는 이골이 난 듯했다. 정전과 동시에 냉장고를 살핀 후 재료를 꺼내 저녁식사를 준비했다. 프랑스를 떠나며 샹송을 잊고 요즘은 에스파놀 노래에 흠뻑 빠졌다. 호스텔 전체를 울리는 남미노래에 흥이 오른 그는 비를 맞으며 춤을 췄다. 발을 내디딜 때마다 찰팍찰팍 소리와 그를 지켜보는 사람들의 웃음소리가 노래를 뚫고 커다랗게 울렸다. 나는 그런 조엘이 좋았다.

그는 이 일이 행복하다고 했다. 여행으로 들뜬 사람들을 만나고, 그들과 소통하는 것에 큰 기쁨을 느낀다고 말하는 그는 정말 행복해 보였다.

아순시온에 들어와 이 호스텔을 찾아오기 위해 버스를 탔을 때였다. 내 앞에 앉은 십대 소녀가 휴대폰을 만지작거리고 있었다. 잠시 뒤 버스에 올라 잡동사니를 팔던 어린 소년이 그녀의 휴대폰을 낚아채 버스에서 내렸다. 버스에서 내린 소년은 도망갈 생각이 없어 보였고, 어린 소녀도 머리를 감싸며 탄식했으나 찾을 생각이 없어 보였다. 나는 이 도시가 무서웠다. 내 품에 들어있는 여권과 지갑, 휴대폰을 다시 한 번 확인했다.

이 얘기를 처음 조엘에게 했을 때 그는 대수롭지 않다는 듯 웃었다.

예쁜 것은
다 너를 닮았다

나였다면 이 도시의 문제점에 대해 한 시간은 떠들어댔을 것이 분명했다. 그는 그런 사람이었다. 소매치기 따위로는 자신의 행복에 조그마한 흠집도 나지 않는 낙천적인 사람이었다. 정전이 났을 땐 비상전력을 켜거나 전기를 고치려는 대신 초를 가져와 불을 밝히는 낭만적인 사람이었다.

빗소리와 음악소리 속에서 춤을 추는 조엘이 좋았다. 그것을 보는 내 마음이 평온해졌다. 여행에 지쳐 느꼈던 실망감은 그를 보는 동안 모두 사라졌다. '천둥 번개를 동반한 산발적인 폭풍우'도 그의, 나의, 우리의 행복과 낭만에 흠집을 낼 수 없었다.

| 문득 이런 날

바다가 지는 해를 품었다.

사진으로 담기엔 나의 카메라가 싸구려였고,

마음에 담기엔 내 마음이 너무 작았다.

나는 이 아름다운 장면을 오래도록 눈에 담았다.

오래 달린 자동차의 타이어처럼,

사흘 전 볼이 터지도록 불어놓았던 풍선처럼,

누가 찌르지 않아도 감정이 빠져나갈 때가 있다.

문득 마음에 바람이 빠지는 날,
딱히 그 이유를 알 수 없고
"그냥"이라고 넘기기엔 가슴이 쓰린 날
좋은 기억 하나를 끄집어낸다.

내 짧은 생의 명장면들을 되감아보며 위안을 찾는다.
오늘이 그 기억의 한 조각이 될 수 있을 것 같다.

| 나는 인도로 방향을 틀었다

  천장에는 낡은 선풍기 하나와 펼쳐봐야 별 소용이 없을 구멍 난 모기장 하나가 걸려있다. 커다란 창밖으로 해가 뜨기 시작했다.

  먼지 낀 선풍기 바람을 타고 요람처럼 흔들리는 모기장을 넋 놓고 바라보며 우리의 미래를 그렸다. 우리가 함께 여행한 지 정확히 두 달이 되던 날이었다. 잠이 없는 나는 언제나처럼 잠들어 있는 진우의 뒷모습으로 시선을 옮긴다. 살짝살짝 나폴리는 옷자락 안으로 굽은 등이 보인다.

  "너와 일상을 공유하고 싶어. 같이 가는 단골식당이 있으면 좋겠어."

  이 말을 건네며 웃던 진우의 미소를 떠올린다.

  우리의 요즘은 일상이 될 수 없고, 우리가 가는 식당은 늘 새로운 곳이었다. 좋아하는 음식보단 먹을 만한 음식을 찾아야 했다. 안전함과 저렴함 사이에서 잠깐의 회의를 거쳐야 하는 아주 단출한 선택지 속에서 우리는 행복한 데이트를 이어갔다.

그를 처음 만난 곳은 이집트였다. 밥 한 끼에 2천 원을 넘지 않고 매일 로션도 바르지 않은 얼굴로 나가 물에 홀딱 젖어 돌아오는 곳이었다. 우린 그곳에서 오랜 연인보다 더 많은 아침을 함께 보낸, 아니 가족을 제외하면 생에 가장 많은 아침밥을 나눠 먹는 사이였다.

'지금이 아니면 언제 또 장기여행을 해 보겠어?'라는 단순한 신념으로 2년 동안 여행 중이던 그는 여행의 흥미가 바닥에 떨어진 상태였다. '내가 좋아하는 거 하면서 내 맘대로 살 거야.'라는 철없는 생각으로 반년이 넘게 여행하고 있던 나 역시 생각보다 찬란하지 않은 여행에 지친 상태였다.

처음엔 선한 그의 마음이 좋았다가 다음엔 예쁜 미소가 좋았다. 나중엔 입술 옆에 있는 점이 목소리에 맞춰 춤을 추는 것처럼 보였다. 그러니 혼자서는 무섭다는 이유로 함께하게 된 둘만의 아프리카 여행이 세상에서 가장 아름답고 행복한 동행이 된 것이다.

이 여행은 수년간 자신을 챙기지 못한 나에게 주는 선물이었다. 나는 여행하는 동안 오직 나만 생각했다. 나의 행복을 위해 움직였다. 내가 하고 싶은 것을 하고, 내가 먹고 싶은 것을 먹었다. 내가 가고 싶은 곳에 가고, 내가 멈추고 싶을 때 멈춰 섰다. 지영아, 행복해라, 행복해라, 주문을 외웠다.

그런데 나로 가득 차 있던 여행의 작은 빈틈을 억지로 비집고 들어

예쁜 것은
다 너를 닮았다

온 이 마른 남자는 결국 나를 소란스럽게 했다. 겨우 행복해지려던 나는 또 한 번 모험을 떠난다. 내가 찾아낸 행복보다 더 큰 행복과 그보다 조금 더 큰 불안감을 안겨준 그를 따라가 볼까 싶어 그가 내민 손을 조심스레 움켜잡았다.

아프리카 일정이 끝나면 나는 남미로, 그는 인도로 가는 것이 정해진 루트였다. 그리고 나는 인도로 방향을 틀었다. 이 선택의 결말로 내게 어떤 마음의 변화가 올까. 내 여행이 어떻게 흘러갈까. 더 나아가 광주 남자와 서울 여자의 연애의 끝은 어디일까.

어떤 것도 확신할 수 없었지만, 나는 그의 손을 놓고 싶지 않았다. 이 사람이 설사 나의 운명이라 불릴 만큼 거창한 것이 아니더라도 붙잡고 싶었다. 나는 그를 놓치고 싶지 않았다.

| 모르는 척해줄게

"한 달만 하고 돌아와도 모르는 척해줄게."

내가 얼마나 겁이 많고 걱정이 많은지 알고 있는 오랜 친구는 이렇게 말했다.

"응. 창피하니까 비밀로 해줘야 해."

나 역시 이렇게 답했다.

처음 여행을 마음먹고 총 6개월의 일정을 계획하던 중 정말 한 달도 안 되어 돌아올지 모르겠다고 생각했다. 개천에서 용이 나는 시대가 아니라 여겼기에, 미꾸라지로 태어났으니 물이라도 흐리지 않기 위해 소극적으로 살아왔다. 따라서 나를 책임지기에 턱없이 부족한 나 혼자서 여행을 떠난다는 것은 실패밖에 남지 않는 도전이라 생각했다.

내 삶은 마음먹어도 안 되는 일투성이였다. 양동이 통을 뒤집어쓰고 악을 썼으나 나는 노래를 못했고, 하루에 17시간 이상을 공부했건만

입시에 실패했다. 열심히 모은 돈을 모두 쏟아 부어 쇼핑몰을 차렸지만 재고와 빚이 남았고, 열렬히 사랑했지만 지나고 나면 혼자였다.

한 달은커녕 계획했던 기간의 두 배를 넘겨 여행하는 나를 돌아보니 사실 한 번도 이렇게 죽을 둥 살 둥 애를 쓴 적이 없었다. 누군가의 평가를 제대로 받아보기도 전에 지레 겁먹어 십대 중반에 뮤지컬배우라는 꿈을 접어버렸다. 남들은 10년을 꾸준히 해올 때 고3이라는 눈칫밥에 고작 1년 노력한 것이 다였다. 사장님 소리에 취해 갑자기 많은 돈을 자유롭게 쓰게 되니 일보단 노는 데 더 집중했고, 자신을 온 맘 다해 사랑해본 적도 없으면서 누군가에게 사랑을 주려 했다.

나의 가능성을 옭아매고 있는 것은 나 자신이었다.

"외박도 허락 못 해주는데 세계여행이라니 가당치도 않아." 하던 엄마도 아니었고, "한 달 안에 돌아올 걸?" 하던 친구도 아니었다. 얇은 주머니도 얕은 지식도 아니었다. 내가 꿈꾸는 것을 이루지 못하게 가로막고 있었던 존재는 바로 나였다.

"세계일주를 할 거야! 돈이 다 떨어지면 돌아올 거고, 내가 가고 싶은 곳들을 다 가볼 거야!"

이렇게 말한 뒤 엉덩이를 털고 일어나자 꿈은 현실이 되었다. 내 모든 걸 걸었더니 어느 순간 모든 것이 가능해졌다. 주변에서 들려오는 말과 시선으로부터 벗어나 오로지 혼자만의 시간을 갖게 되면서부터 나는 꿈을 향해 한 발 더 다가설 수 있게 되었다.

|죽은 강물에 사는 사람들

희부연 안개는 이 도시를 더욱 신비롭게 만든다. 눅눅함과 텁텁함이 향 내음과 함께 몰려왔다. 이곳에서 매일 같이 맡았던 냄새였다. 여기서 일주일이 넘었지만, 아직도 코가 불편하고 기분이 썩 좋지 못했다.

한 치 앞만 보이는 안개를 뚫고 목욕하는 사람들이 보이고, 그 실루엣이 몸을 담그고 나올 때마다 강은 참팍참팍 소리를 내고 있다. 사실은 소리가 먼저고 소리에 따라 사람이 그려졌다. 한쪽에선 아낙네들이 빨래를 한다. 끊임없이 옷들을 담갔다가 내려치며 강에 파동을 만든다. 강류를 따라 걷던 나는 발아래를 내려다보았다. 쓰레기가 둥둥 떠다니는 강물은 탁하다 못해 검다.

'이 물은 분명 죽었는데.'

나는 이렇게 생각했다. 산 사람들이 삶의 죄를 고하며 죽은 물 안에서 계속해서 멱을 감았다. 갠지스강물이었다.

가트(강가에 만들어진 계단과 공간)에는 사람보다 소와 개가 더 많았다. 비루 먹은 개들은 제 몸을 긁느라 몇 걸음 걷지 못하고, 비쩍 마른 소들은 자꾸만 앞을 가로막았다. 그 사이로 사람들은 그들에게 닿지 않게 비켜 다녔다. 인도(印度)의 인도(人道)는 사람만을 위한 길이 아니었다.

물컹하다 했더니 또 소똥을 밟았다. 아니 개똥인가. 신경질적으로 길바닥에 발을 문질렀다.

바라나시에 도착하고 며칠간 앓았다. 여행 중 가장 아픈 날이었다. 물 한 모금 넘기기 어려울 만큼 배가 아팠고, 아무것도 먹지 못해 위로도 아래로도 게워낼 것이 없었다. 아픈 도시가 나를 아프게 했다는 생각이 들었다. 삶과 죽음 중 죽음에 가까운 사람들이 더 많은 곳이었다. 윤회를 끊기 위해 갠지스 강물에 뿌려지길 원하는 사람들이 이곳에서 죽음을 기다렸다. 그러니 그 사람들의 업을 품고 있는 이 도시는 병이 들었다.

일몰 무렵 나는 화장터로 갔다.

바라나시에는 삶과 죽음이 맞닿아 있었다. 정확히 말하자면 삶과 죽음이 공존했다. 죽음을 맞은 시체를 태워 강으로 보냈다. 그 물에선 산 사람들이 물놀이하고 빨래를 하고 몃을 감았다. 화장터에서 한 블록만 떨어지면 카드놀이를 하는 인도인들이 가트를 점령하고 앉아 있었다. 다음 차례를 기다리는 노인들인가. 그런 생각을 했다는 죄책감에 눈을 질끈 감았지만, 도통 머릿속에서 지워지지 않았다. 많은 사람이 뒤엉켜 살아가는 이 도시로 구원을 받기 위한 시신들이 날마다 운구되고 있었다. 생의 마지막을 보내기 위해 일부러 오는 기수들이 비근하게 널려있다. 이곳에서 그것은 자연스러운 일이었고, 나는 그것이 무서웠다.

화장터는 24시간 불이 꺼지지 않는다. 누군가의 삶을 재로 만들기 위해 매일 매순간 부지런히 장작이 타고 있다. 한 인간의 인생과 긴 세월을 품은 육신을 세상에서 사라지게 만드는 냄새가 주변에 진동했다. 불타는 시신을 바라보며 가족들은 아무도 울지 않았다. 아이들은 주변을 뱅뱅 돌며 뛰어놀았고, 염소들은 먹을 게 있나 어슬렁거리고 있었다. 내가 보고 있는 이 화장터가 과연 죽음일까, 삶일까. 나는 그 이어진 선 사이에 서서 뒤통수를 긁적였다.

시체를 태우는 장작은 종류마다 가격이 달랐다. 싸구려 장작으로 태운 시신은 다 태워지지 못한 채 갠지스강물로 보내졌다. 빠르고 깔끔하게 죽는데도 돈이 드는 세상이었다.

"삶이라는 것도 힘겹고 고되지만, 죽는 것 또한 만만치가 않네."

불타는 시신을 바라보며 나는 혼잣말을 했다.

"람 람 샤따헤이. 람 람 샤따헤이."

라마 신은 알고 계신단다. 무엇을? 차가운 웃음을 지었다. 나는 냉소벽이 있었다. 이런 내가 부끄러웠던 곳은 아마 바라나시가 처음이었을 것이다.

배를 타고 갠지스 강으로 나아갔다. 나는 인도에서 기도를 드릴 때 띄우는 꽃초인 디아를 띄웠다. 늘 소원이었던 '부자가 되게 해주세요. 우리 가족 건강하게 해주세요.' 대신 '이곳에 다시 올 수 있게 해주세요.'라고 빌었다. 강바람에 불씨가 꺼질까 두려워 양손으로 슬며시 내려놓다가 손등이 물에 닿고 말았다. 피부병이라도 걸릴세라 화들짝 놀랐다. 짧은 탄성과 함께 손을 털어 올렸다. 그 사이 내 소원을 품은 디아는 멀어져가고 있었다.

삶이 끝나는 곳에서 소원을 띄운다니. 으스스한 기분이 들었지만 나는 어쩐지 그 소원이 이루어질 것만 같았다.

| 반쪽짜리 감정

15층에 살던 십여 년 전 어느 날.

친구들과 함께 아파트 옥상으로 올라가 엄마의 비싼 솜이불을 바닥에 깔았다. 이불 위에 엎드려 과자를 까먹으며 신이 나서 해가 떨어질 때까지 떠들었고, 시시한 말 한마디에도 깔깔거리며 웃어댔다. 한참을 놀다 보니 엄마가 퇴근했을 시간이었다. 이불을 들고 집에 들어가면 혼이 날 게 분명해 옥상 아래로 이불을 던졌다.

첫사랑과 이별하던 십여 년 전 어느 날.

아끼던 엠피쓰리를 그 사람의 손에 쥐어주고 돌아서며 펑펑 울었다. 누가 쳐다보는 것도 아랑곳하지 않았고, 집에 돌아와서도 울기만 했다. 어디서 그렇게 많은 눈물이 나왔는지 모르겠지만, 온종일 울다 지쳐서 잠이 들었다.

지난날의 나는 순간의 감정으로 하루를 살았다.

먹고 싶은 건 먹어야 했고, 갖고 싶은 건 가져야 했다. 울고 싶을 때 울었고, 웃고 싶을 때 웃었다. 화가 날 땐 몸을 떨어가며 소리를 질렀고, 즐거울 땐 앞뒤 생각 않고 즐겼다.

하지만 어른이 되어가면서 밤을 지새우며 놀기엔 내일을 걱정하고, 솜이불을 버리기엔 이불 값을 떠올리며, 소리 내 울기엔 주변 시선을 생각하는 사람이 되었다. 웃고 싶어도 웃지 못하고, 화가 나도 참아야 하는 반쪽짜리 감정을 가진 어른이었다.

여행을 하는 요즘, 나는 어느새 어린 날의 나로 돌아가 있었다.

더위로 정신을 못 차릴 때 마시는 물 한 모금에서, 고단해 쓰러지기 직전 드러눕는 더러운 침대에서, 그와 손을 맞잡은 어두운 골목길에서 행복을 느낀다. 다시 온전하고 솔직한 감정으로 하루를 살고 있다.

| 따듯한 악몽

그러니까 그날 평소와 달랐던 점은 식구들이 모두 영화를 볼 때 혼자 잠이 들어버렸다는 것이었다. 어렴풋이 영화가 끝나는 소리를 들었고, 식구들은 시시하게 끝나버린 영화에 대해 큰소리로 떠들고 있는 것 같았다. 그럴 줄 알았다며 안 본 나 자신을 칭찬했던 기억이 희미하게 난다. 침대 두 개가 놓인 작은 원룸의 우리 집에서 나는 그렇게 잠이 들었다.

그리고 눈을 떠 보니 서울 우리 집. 내 방, 나의 이불 속이었다. 몸이 굳은 채로 멍하니 익숙한 천장을 바라보았다.

다합에 두고 온 내 짐들, 아직 가보지 못한 다이빙사이트, 미리 예매해둔 탄자니아 행 비행기 표, 다음날 먹기 위해 부엌에 사다 둔 젤리, 좋아한다는 말도 전하지 못한 그의 얼굴이 생각나 정신이 아찔해졌다.

엄마는 내가 여행 중에 그렇게 노래를 불렀던 등갈비 김치찜을 해놓으시고는 손뼉까지 치며 신이 나서 나를 깨운다. 콩이의 차가운 콧물이 볼에 와 닿는다. 이것은 분명 따뜻한 아침이다. 내가 미치게 그리워 울기까지 했던 일상이었다.

"아 망했다."

입 밖으로 생각이 튀어나오자 그 소리에 나는 잠에서 깼다. 당연히도, 정말 다행히도 이집트 다합의 숙소였고, 시간은 아침 다섯 시였다. 일행들은 모두 제멋대로 널브러져 잠이 들어있었다.

악몽이었다.

어떤 세상인지 모르는 곳보다 어떤 세상인지 잘 아는 곳이 더 두려웠다. 뭐가 있는지 모르는 새로움으로 가득 찬 세상으로 걸어 들어가는 것보다, 예상 가능하고 그 예상에서 절대로 벗어나지 않을 익숙한 세상으로 돌아가는 일이 더 끔찍하고 무서웠다.

여행을 떠나는 나에게 "이야, 혼자서 세계일주를 떠나다니 대단하다!"라고 말했던 수많은 사람들이 돌아온 나에게 "우와, 돌아오다니 용감한 걸!"이라고 말해줄까?

나는 떠나올 용기는 있었지만, 돌아갈 용기는 아직 마련이 되지 않은 사람이었다.

억지로 외면하고 있던 나약함을 스스로에게 들켜버린 아픈 새벽이었다.

|잘 알지 못하지만 잘 알고 있는

어떤 스타일의 옷을 즐겨 입는지

무슨 반찬을 좋아하는지

제일 자주 만나는 사람이 누구고

평소에 어떻게 시간을 보내는지 알지 못하지만,

일주일 동안 씻지 않은 모습이 어떤지

새벽에 자다 깼을 때 어떤 표정을 짓는지

기분 좋을 때의 발소리와

힘들 때의 발소리를 잘 알고 있는 사람.

너무 더워 잠이 들 수 없던 밤,

좁은 텐트 안에서 몸을 구기고 밤 새워 부채질을 해주던 사람.

너무 추워 잠이 들 수 없던 밤,

1인용 침대에서 자신의 체온을 나눠주던 사람.

가장 아플 때, 가장 행복할 때, 가장 힘들 때,

내 옆을 지키던 사람에게

'고마워요'

한마디에 담긴 그 이상의 감정이 고스란히 전달되었으면.

잘 알지 못하지만 잘 알고 있는

| 사하라의 별 헤는 밤

목적지는 종점인 메르주가의 바로 전 정류장, 하실라비드였다. 저녁 8시 반에 출발하는 이 버스는 작은 마을 하실라비드까지 11시간 정도를 달린다고 했다. 대중교통에서 잠자기 항목이 있다면 어디서든 1등을 했을 나는 타자마자 잠이 들었다. 눈을 뜨니 종점이었다.

7시가 다 되어야 도착한다던 하실라비드를 5시 40분에 눈을 뜨고도 놓치게 되다니. 칠푼이가 하는 여행이 순탄하지 않을 것을 잘 알고 있었기에 놀랍지도 않았다. 추운 새벽의 사막 한복판에서 차로 20분 거리인 한 정거장을 놓친 것쯤이야 '어휴, 참 난감하게 됐네.' 이 한마디면 되었다.

정확한 방향도 알기 힘든 모래 마을이었다. 시선이 닿는 곳은 모두 암흑이었다. 도와줄 누군가를 만날 때까지 무작정 걷기로 했다. 우연히 지나가는 차를 잡아타고 나서야 내가 엉뚱한 방향으로 걷고 있었다는 사실을 깨달았다. 그렇게 겨우겨우 호스텔에 도착했다.

그곳은 사하라의 귀퉁이였다. 한국인에게 유명한 숙소라 이미 서너 명의 한국인들이 묵고 있었는데, 놀랍게도 그들 중 같은 학교를 졸업한 선배가 있었다. 이 먼 아프리카 땅에서 우연히도 대학 선배를 만나다니. 세상이 이렇게 좁은데 안 가보고 죽을 수 있나!

위층 테라스에 앉아 셀 수 없는 별을 세고 놓칠 수밖에 없는 별똥별을 눈으로 쫓다가 새벽녘이 되어서야 잠이 들었다. 7시면 나오는 조식 때문에 일찍 일어나 삶은 달걀 두 개와 오렌지 주스 세 잔을 마시고, 다시 부족한 잠 게이지를 채우다 보면 해가 중천에 떴다. 방에는 에어컨이 없었다. 참을 수 없는 더위에 문이라도 열어 놓을라치면, 바람을 타고 들어오는 모래가 침대 위에 소복이 쌓였다. 숨이 턱턱 막히는 더위라 방에 있을 수 없어 나오면 같은 하루를 보내기 위해 모인 사람들이 있었다. 얼음물 한 잔에 수박 하나를 쪼개놓고 시시콜콜한 이야기를 나누며 노닥거렸다. 해가 기울기 시작하면서 조금씩 생기는 그늘을 찾아 어슬렁어슬렁. 그나마 가장 시원한 장소인 야외수영장에 발을 담그고 사하라의 노을을 바라보았다. 몇 걸음만 걸어 나가면 사하라를 만날 수 있었다. 얼굴을 칭칭 감고 물 한 통 챙겨 나가는 사막 산책. 막상 해가 지기 시작하면 금방 어둠이 내렸다. 길을 잃기 전 숙소로 돌아오면 또 별이 쏟아져 내렸다. 단출한 하루였다.

보통 이곳에서 1박 2일짜리 사막투어를 하고는 하루 이틀 뒤 다른 도시로 떠나가는 게 일반적이었다. 나는 수영장에 발을 담그고 바라보는 사막이 좋아서, 밤마다 떠있는 별들이 좋아서, 서로 인사를 나누는 마을 사람들이 좋아서 한 주가 넘도록 머물렀다. 백만장자 부럽지 않은 이만 원짜리 하루였다.

사막투어는 낙타를 타고 마을을 출발한다. 사하라의 중앙에 있는 베이스캠프로 가 저녁을 먹고 하룻밤 잔 후 이른 새벽 돌아오는 간단한 일정의 투어였다. 그런데 생각만큼 평이하지만은 않았다.

하실라비드에 들어온 지 일주일 만에 사막투어를 나섰다. 그간 이호텔을 다녀간 수많은 투숙객들에게 들어온 정보를 참작해 카메라를 지퍼백에 3중으로 감쌌다. 편안한 바지를 입고 따듯한 겉옷과 시원한 얼음물을 챙겼다.

해는 꽁꽁 싸맨 스카프가 무색하게 내 정수리를 때렸다. 넉넉한 바지를 빌려 입었음에도 허벅지가 쓸렸고, 작고 미세한 모래 때문에 눈을 뜨기도 힘들었다. 가장 고통스러웠던 건 낙타를 타는 일이었다.

일주일 동안 해온 산책에서도 느꼈지만, 사막에선 두 발로 아무리 걸어도 앞으로 나아가지지 않는다. 한 걸음 디디면 반 발은 뒤로 밀려나기 때문에 낙타가 없인 시간 내에 베이스캠프까지 갈 수 없었다. 그렇기에 절대로 낙타에서 내려올 수가 없었는데, 슬프게도 낙타를 타는 일이 몹시 불편했다. 허리가 끊어질 듯 아팠다. 허벅지에서 경련이 일었다. 더 버티기 힘들어 내리고 싶다고 소리를 질러 보았지만, 그렇

예쁜 것은
       다 너를 닮았다

다고 다른 묘수가 있는 것도 아니었다.

베이스캠프에 도착한 우리는 별빛 아래에서 모로코의 전통음식, 따진을 나눠 먹었다. 그리곤 야외에 놓인 매트리스에 지저분하고 꿉꿉한 카펫을 덮고 누웠다. 해가 완전히 지자 사막은 추웠다. 숨을 쉴 때마다 코로 모래가 들어오는 게 느껴졌지만, 시선 어디에도 별이 닿는 이곳에선 아무래도 좋았다.

문자 그대로 쏟아져 내리는 별. 귀가 먹먹할 만큼 고요한 사막. 행복함으로 가득 차다 못해 그 벅참이 넘쳐흐르자 고마운 사람들이 생각났다. 조목조목 말해주지 않아도 나를 위하고 사랑하고 있음을 알 수 있는 감사한 나의 사람들이 보고 싶어 목이 메고 따듯한 밤이 지속됐다. 그 속에서 나는 혼자여도 외롭지 않았다.

생에 가장 많은 별을 보았고, 처음으로 지구가 둥글다는 것을 느꼈다. 사막은 너무도 적막해서 별이 떨어지는 소리가 들리는 듯했다. 아름답다는 건 이럴 때 하는 말이었다. 잠들지 않고도 꿈을 꿨다.

밤새 사막으로 하나씩 별이 쌓였다. 별은 이야기를 품고 빛을 잃은 채 모래 위에 놓였다.

| 너를 떠나보내며

진우가 한국으로 떠나는 날이다. 오늘을 기준으로 189일 동안 13개국을 그와 함께 여행했다.

분명 인천을 떠나는 비행기에는 나 혼자였는데, 이제는 그 없이 혼자 여행을 할 수 있을지 모르겠다. 일 년 전 인천공항에서보다 그가 떠난 오늘이 더 무섭고 두렵다.

잠깐 졸다가 눈을 떴을 때 햇빛을 가려주며 눈앞에 떠 있는 그의 손바닥이 좋았다.

날 놀려서 결국은 짜증을 내게 만들어 놓고 활짝 웃어서 생기는 그의 눈주름이 좋았다.

마지막 남은 음식을 항상 내 입으로 넣어주던 그의 마음이 좋았다.

"지영아, 내 얘기 좀 다시 들어봐."

하면서 날 귀찮게 하던 그의 집요함이 좋았다.

"하지 마!"

해놓고 실망한 내 표정을 보고는

"아냐. 해! 넌 다 해도 돼!"

하던 그의 다정함이 좋았다.

내 무릎을 베고 누워 꿈을 꾸는지 찡그리는 그의 잠든 얼굴이 좋았다.

아주 작은 일에도 미안하다고 고맙다고 말해주는 그의 목소리가 좋았다.

내 손에 들린 쓰레기를 빼앗아 드는 그의 세심함이 좋았다.

처음 보는 음식을 먼저 맛보고 내가 좋아할지 싫어할지 귀신같이 맞히는 기미상궁인 그가 좋았다.

사진을 찍기 위해 성큼성큼 걸어가는 그의 뒷모습을 눈으로 쫓는 게 행복했다.

그의 첫 표정을 보고 첫 마디를 듣는 사람이 나라는 게 행복했다.

그의 하루가 시작될 때 옆에 내가 있다는 게,

그의 하루 끝을 내가 함께 나눌 수 있다는 게 행복했다.

목이 늘어난 잠옷을 입고 부은 얼굴로 아침을 함께 먹어도 괜찮은 편안함이 행복했다.

낯설고 새로운 길이 주는 설렘이 그와 함께 느낄 수 있는 것이어서

행복했다.

함께 있어도 느닷없이 보고 싶어져 걷다가도, 자다가도,

이야기를 하다가도 그를 빤히 쳐다보았다.

이제 내 코 푼 휴지는 누가 버려주지?

음료수 캔은 누가 따주고 통역은 누가 해주지?

그가 없으면 이제 내 등은 누가 긁어주나?

그의 과거가 나 없이 잘 돌아갔어도

그의 미래 계획에 내가 빠지더라도

그의 지금이, 그의 현재가 내 것임에 고마웠다.

내가 없어도 괜찮겠느냐 묻는 그에게 나는 이것이 우리의 이별이 아
님을 알기에 괜찮다고 말해야만 한다.

난 괜찮다. 이것은 우리의 이별이 아니기에.

조심히 돌아가요, 내 사람.

곧 다시 만나요.

| 그곳엔 야마가 있었다

풍경과 자연, 문화와 건축물, 혹은 축제나 문명의 값어치는 누구에 의해 정해지는 걸까? 나는 여행을 하며 늘 그것이 궁금했다.

안데스의 신비. 공중도시. 잉카의 전설. 잃어버린 도시. 태양의 도시. 수많은 수식어가 붙어있는 마추픽추는 누군가가 정해놓은 '반드시 가보아야 할 세계명소'였다. 나 역시 그곳이 궁금했고 가보고 싶었다.

나는 값비싼 '페루 레일' 대신 도보를 택했다. 먼저 작은 봉고차에 다닥다닥 붙어 8시간을 달렸다. 내리자마자 다시 기찻길을 따라 돌밭을 3시간 동안 걸었다. 이른 아침 출발했지만 마을에 도착한 건 저녁이었고, 한 끼도 제대로 먹지 못한 채 숙소에 몸을 뉘었다. 쿠스코에서 마추픽추가 있는 마을까지 한방에 데려다주는 기차를 대신해 표 값만큼의 노동을 치러야 했다. 내일은 또 등반을 해야 할 터였다. 이토록 만나기 힘든 곳이어서일까. 마추픽추에 대한 환상은 커져만 갔다.

가격과 무관하게 이곳을 찾는 관광객들 때문에 입장료는 매년 인상된다고 했다. 나는 가난한 세계일주 여행자였다. 오후 입장객에게만 판매되는 저렴한 티켓을 구매했다. 오전 나절을 꼬박 쉬고, 해가 정확히 내 머리 위에 떠 있는 시각에 마추픽추를 오르기 시작했다.

대부분은 산꼭대기에 있는 마추픽추까지 버스를 이용했다. 정상까지 꼬불꼬불한 찻길을 독점한 버스는 편도가격이 만 원을 넘었다. 입장료와 버스비를 아끼겠다고 그 땡볕에 등반하는 모질이는 나뿐인 것 같았다. 몇 번을 망설이다 목이 타 들어갈 것 같아 냇물을 손으로 받아 마셨다. 이정표를 길잡이 삼고 노래를 친구 삼아 끝도 없이 걸었다. 아, 이래서 태양의 도시라 부르는 건가.

땀을 열댓 바가지는 쏟아내고 오후 2시가 다 되어 마추픽추에 도착했다. 안개를 뚫고 나타난 마추픽추는 정말 아름다웠다. 나는 고대 잉카인들의 돌 다루는 실력에, 그리고 이 공중도시의 존재 자체에 그저 대단하다는 말만 되풀이했다. 눈앞에 펼쳐진 장엄한 모습을 보고 있자니 마추픽추를 찾아낸 사람에게 저절로 고개가 숙여졌다. 이렇게 큰 도시가 어떻게 그 긴 세월 동안 들키지 않고 숨어 있을 수 있었는가 하는 궁금증은 어떻게 이 도시를 발견했을까로 이어졌다. 위에서 내려다봐야만 보이는 이 해발 3,000m의 도시를 도대체 어떻게 찾았을까.

하지만 마추픽추를 봤다는 기쁨보다 올라왔다는 성취감과 산 정상에서 맞는 시원한 바람이 더 반가웠다. 정상은 이미 관광객들로 인산인해였다. 흩어져 있는 사람들 틈으로 야마들이 어슬렁거리고 있었다.

마추픽추보다 더 좋았던 것은 야마였다. 야마들은 나를 무서워하지 않았다. 내 배낭을 코로 톡톡 치며 냄새를 맡았다. 그 모습이 귀여워 오래도록 야마와 놀았다. 나는 이 아메리카 낙타의 매력에 푹 빠져 마추픽추는 뒷전이었다.

장구한 세월을 묵묵히 지켜온 마추픽추에 대한 찬양은 어디에서나 쉽게 볼 수 있었다. 그러나 왜인지, 그곳에 살아있는 야마에 대해 말한 사람은 보지 못했다. 그럴듯하고 멋진 이름을 다 가져다 붙여놓은 마추픽추보다 나에겐 그 산꼭대기 마을을 지키는 야마가 더 특별해 보였다.

사람들은 세계명소를 소개할 때 역사적 배경을 늘어놓는다. 얼마나 멋지고 대단한 곳인지, 이 장소가 무슨 의미를 가졌는지를 쉴 새 없이 이야기한다. 값어치를 정하는 사람이 내가 되는 것. 그것은 떠나야만 가능한 일이었다. 사람, 냄새, 풍경, 소리 등 어떤 요소로도 나의 명소가 될 수 있다. 그곳이 어디든지 간에.

"마추픽추 어땠어?"

누군가 묻는다면 나는 분명 이렇게 대답할 것이다.

"좋았어. 거기엔 야마가 있었거든."

| 돌멩이 하나도

나는 원래부터 이런 사람이었는지 모른다.

누군가가 나를 미워하는 걸 견딜 수 없으면서, 나는 누군가를 한없이 미워하는.

내가 행복하지 못한 탓을 남에게 씌우고, 누군가가 나로 인해 행복하길 바라는.

조건 없는 친절과 이유 없는 사랑에 의심을 품고, 어쩌다 한 번 품은 뜻 모를 내 마음을 알아주지 않을 때 속상해서 눈물을 훔치는.

그러니까 나는, 거짓과 과장으로 포장된 사람이었는지 모른다.

여행을 하면서 본 세상은 구름과 바다, 나무와 건물, 길고양이와 발밑에 돌멩이 하나도 허투루 존재하지 않는 것처럼 보였다. 알고 보면 말도 안 되도록 아름다운 것들로 가득한 세상이다. 나 같은 사람이 발붙이고 숨쉬기 미안할 정도로.

|내 방 앞에서 풀을 먹는 사슴이라니

스와질란드 국경에 도착한 건 늦은 밤이었다. 국경이 닫히기 전 무사히 입국도장은 받았지만, 해는 이미 오래전에 저물었다. 달을 잃은 하늘엔 별들만 무성했으니 땅까지 떨어지는 빛이 없었다.

지도에 표시된 작은 길로 꺾자 차가 덜컹거리기 시작했다. 좁고 정돈되지 않은 것을 보면 분명 우리가 타고 있는 승용차를 위한 길은 아니었다. 오프로드였다. 거리엔 바람을 타고 움직이는 나뭇잎들을 제외하면 어떤 움직임도 없었다. 자정을 넘긴 시간이었다. 차가 스스로 내는 빛마저 없었다면 너무 어둡고 고요해 패닉에 빠졌을 수도 있었다. 잔뜩 어깨를 움츠린 채 누구도 입을 열지 않았다.

그때 차량 앞으로 작은 불빛 여러 개가 나타났다 사라지기를 반복했다. 그 뒤로는 모래바람이 흩어지는 게 보였다. 오밤중 예기치 못한 빛과 바퀴 소리에 놀라 어둠 속으로 도망가는 사슴 떼였다. '밀와네국

립공원'이 적힌 표지판을 본 것은 이미 공원에 도착했다는 사실을 안 다음이었다.

긴장이 풀리자 우리는 차에서 내렸다. 선선한 바람을 타고 초록 냄새가 몰려왔다. 살갗을 스치는 공기는 차가웠지만 춥지 않았다. 미묘한 새벽의 소리가 섞여 들렸다. 여름날 매미소리와 짐승의 울음소리, 나뭇잎이 부딪히며 속닥이는 소리. 모두 생명의 소리였다.

아프리카를 동행하는 원주부부와 우리 커플 중 아침에 제일 먼저 눈을 뜨는 건 언제나 나였다. 그런데 그날은 눈을 뜨자 바깥에서 인기척이 들렸다. 커튼을 살짝 걷어보니 숙소 앞에서 풀을 뜯어 먹던 사슴이었다.

'내 방 앞에서 풀을 먹는 사슴이라니. 천국이라는 게 존재한다면 이런 모습이지 않을까.'

나는 설레는 마음으로 문을 열고 나갔다. 뿔이 커다란 사슴은 나를 빤히 쳐다보더니 다시 식사에 열중했다. 사람이 자신을 해치지 않는다는 것을 긴 생애 동안 터득한 것이 분명했다. "고마워요!" 나는 이 나라 사람들에게 진심을 가득 담아 감사 인사를 했다.

내가 이전에 갔던 세렝게티나 초베사파리와는 다르게 밀와네국립공원은 초식동물만 서식하여 도보로 돌아다니는 것이 가능했다. 가이드가 없어도 지도와 표지판으로 충분히 길을 찾아갈 수 있었다. 시야가 탁 트인 초원에 시선이 닿는 모든 곳이 수많은 종류의 초식동물들이었다. 나와 동물 사이의 거리도 손에 잡힐 듯 가까웠다.

아침이면 우리 방 앞에서 동물이 식사를 했고, 낮이면 동물과 함께 초원을 거닐었으며 밤이면 침대에 누워 동물들의 대화소리를 들었다. 나는 그들이 눈치 채지 못하게 그들의 집에서 머물고 즐기다가 돌아온 초대받지 않은 손님이었다.

학창시절 내내 해마다 한 번씩 꼭 사생대회가 있었다. 나는 그림을 잘 그리지 못해 이날이 정말 싫었다. 주제는 보통 자연이나 미래 같은 것이었다. 내 그림은 항상 푸른 초원 위에서 풀을 뜯는 동물이었다. 초록 언덕이나 네 발 짐승을 그리는 게 쉽다는 이유도 있었지만, 내가 꿈꾸는 자연이란 그런 것이었다. 바다나 폭포, 산속이나 정글이 아니었다.

그런데 지금 내 눈앞에 푸르고 넓은 초원이 놓여있고, 그 초원에서 야생동물이 풀을 뜯고 있었다. 나는 지금 학창시절 그렸던 나의 그림 속에 들어와 있었다.

예쁜 것은
다 너를 닮았다

|그러니 부디 행복해주세요

무려 50유로라는 거금을 주고 탄 야간버스는 불편했다. 의자가 너무 딱딱했다. 통로 쪽 자리였던 나는 도저히 머리를 기댈 곳이 없었다. 나를 제외한 대부분의 어린 승객이 모두 일행이었고, 그 작은 악당들은 밤새 수다를 퍼부었다. 중학교 수련회 버스에 뜬금없이 올라탄 기분이었다. 결국 밤을 꼴딱 새우고 이른 아침 발트 3국의 첫 도시 리가에 도착했다.

숙소를 구하기도 쉽지 않았다. 예약 없이 다섯 군데 숙소를 찾아갔더니 예상했던 가격보다 비싸거나 방이 없었다. 헤매는 데 지쳐, 맥도날드에 들러 1유로짜리 햄버거 하나를 먹으며 근처 숙소를 예약했다. 하지만 어렵게 찾아낸 숙소도 이른 아침이라 문을 열어주지 않아, 배낭을 메고 쪼그려 앉은 채 30분 동안 추위에 떨어야 했다.

관리를 포기한 후부터는 발뒤꿈치가 터져서 피가 새어 나온다. 가장 저렴한 대중교통을 이용하다보니 긴 이동에 다리가 퉁퉁 부어오른다. 점점 무거워지는 배낭에 어깨와 허리가 참기 어려울 만큼 아프다. 일 년을 여행했으면 익숙해질 법도 한데, 하루도 수월한 날이 없었다.

그런데 숙소 한편에 놓인 방명록 속 누군가가 남긴 메모엔 '행복합니다.'라고 쓰여 있었다. 이렇게 고생스러운 여행을, 행복하다고 외치는 사람이 나뿐만은 아니었다.

우리 엄마 혹은 아빠가 나처럼 여행을 한다고 하면 바짓가랑이를 잡고 다니며 말릴 것이 분명하다. 내가 여행을 간다고 했을 때 두 분이 그렇게 하셨던 것처럼.

나는 7살의 생일날 내 볼에 뽀뽀해 주던 남자아이 이름을 정확히 알고 있다. 17살의 첫 모의고사에서 수리 4등급을 맞고 울었던 기억이 또렷하다. 숫자는 빠르지만, 세월은 느리다. 이것은 두 분에게도 마찬가지일 것이다. 내가 어느새 20대 중반이 되었던 것처럼 두 분도 어느새 50대, 60대가 되셨으리라.

내가 살면서 한 일 중 가장 잘한 일이 여행을 떠난 것이다. 때론 외롭고 힘들지만, 여행을 하는 과정이 얼마나 값지고 벅찬 일인지 잘 알기 때문이다. 그렇기에 한국으로 돌아가면 두 분이 '지영이의 아빠' '지환이의 엄마'가 아닌 김웅주와 신현심으로 살아갈 수 있도록 여행을 보내드려야겠다.

자식들을 위해 많은 것을 포기하셨지만, 자신만큼은 포기하지 않으셨으면. 다수의 젊은이에게 '행복합니다.'라고 얘기할 수 있는 멋진 어른이 되셨으면.

저는 행복합니다. 그러니 두 분도 부디 행복하세요.

예쁜 것은
다 너를 닮았다

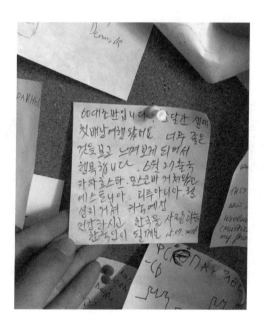

|짜이 한 잔의 위로

내가 도착했을 때 인도는 화폐개혁으로 혼란스러웠다. 환전소는 전부 문을 걸어 잠갔다. 그나마 여행사와 함께 운영되는 환전소가 열려 있었는데, 터무니없는 환율을 부르거나 바꿔줄 신권이 없다며 손을 저었다. 현지인도 관광객도 모두 신권이 필요했다. 방도가 없어 큰 수수료를 물더라도 돈을 뽑기 위해 출금 가능한 은행의 ATM에 매일 줄을 서야 했다.

인도를 여행하면서 매번 느끼는 거지만 줄은 아무 소용이 없었다. 얌전히 줄을 서 있던 나는 혼자 멍청이가 되어 자꾸만 뒤로 밀려났다. 내 뒤에 선 사람은 외국인 관광객뿐이었다. 인도 현지인들은 맨 뒤에서, 중간에서, 그리고 공중에서 나타나 쥐도 새도 모르게 새치기를 했다.

세계일주를 한다는 나에게 누군가는 이런 말을 했다.

"그 나라만의 문화가 있는 법이니 존중해주렴."

하지만 이건 아니었다. 새치기도 문화인가. 한두 명도 아니고 이대로 서 있다간 밤을 꼬박 새워도 돈을 구하지 못할 게 분명했다.

인도를 간다고 했을 때 또 다른 누군가는 내게 이렇게 말했다.

"인도에는 기다림의 미학이 있지."

정말이지 이건 아니었다. 미학은 사랑하는 사람을 기다릴 때나 맛있는 유명 식당에 줄을 설 때 사용되는 말이지 이따위 불합리한 일에 남용될 말이 아니었다.

그날도 인도 화폐를 구하기 위해 은행 앞에 줄을 섰다. 인도인들의 새치기 때문에 선 자리에서 꿈쩍도 하지 못하고 그대로 한 시간을 머물렀다. 내 뒤에 늘어선 관광객들도 지친 모습이 역력했지만, 아무도 입을 열지 않았다.

"이봐요. 줄을 서야죠. 이렇게 줄 서 있는 게 안 보이는 거예요?"

결국 입을 연 것은 나와 함께 기다리던 진우였다. 나를 포함한 멍청이1부터 멍청이10까지의 관광객들은 모두 "그의 말이 맞아! 줄을 서라고!" 하며 그제야 한마디씩 덧붙였다. 하지만 이 정도의 말에 물러설 것이었다면 애당초 새치기는 있지도 않았을 것이다.

한 시간을 넘게 기다렸다, 경찰을 부르겠다, 우리도 새치기하겠다, 하는 의미 없는 외침과 함께 결국은 멱살잡이까지 오고 갔다. 새치기를 당하고, 새치기를 한 인도사람들은 우리의 행동이 별나고 재밌다는 듯 실실 웃었다. 나는 그들의 태도에 질려버렸다.

인도는 매순간이 혼돈이었다. 친절을 가장한 사기가 가득했고, 굳이 사기임을 숨길 생각도 없는 사기마저 심심찮게 있었다. 화를 돋우는 화법과 빤빤한 낯. 그에 나는 그냥 날 잡아 잡수라는 심정이었다.

그리고 그 창세전의 끝 도시인 델리에 도착한 건 새벽 다섯 시쯤이었다. 야간버스를 타고 오는 동안 그 새를 못 참고 버스 안에서 인도 사람 여럿과 언성을 높여 싸운 후였다. 길거리에는 사람이 그다지 많지 않았지만 짜이 집은 벌써 성황이었다. 그들의 시선엔 이미 이골이 났다. 또 어떻게 등을 쳐볼까, 나를 탐닉하는 눈빛은 익숙하다 못해 친근했다. 날은 추웠고, 나도 짜이 한 잔을 주문했다. 버스에서 싸운 화가 쉽게 풀리지 않아 분한 마음에 몇 차례나 눈물을 쏟던 중이었다.

인도에서 매일 마시던 짜이였다. 그런데 이상하게도 그날의 짜이는 특별했다. 생강 맛이 나는 달짝지근한 뜨거운 짜이 한 모금으로 나는 몸과 함께 마음도 풀려버렸다. 누군가 내 마음을 포근히 안아주는 것 같았다. 고개를 들어서 나는 이 마법을 건넨 아저씨를 보았다. 아저씨. 짜이에 무슨 짓을 한 거예요.

눈빛이었다. 머리 위까지 올라오는 배낭을 메고 작은 눈에서 커다란 눈물을 뚝뚝 떨어뜨리는 나를 보는 눈빛이 포근했다. 이 짜이 집의 모든 인도인들이 나를 향해 따듯하게 웃어주고 있었다. 등을 쳐보겠다는 시선이 결단코 아니었다.

예쁜 것은
다 너를 닮았다

오지랖과 무례함, 새치기와 사기가 그득했던 인도여행. 그곳에서 가장 따듯했던 장면을 떠올리라면 한겨울의 이른 새벽, 짜이 한 잔, 그리고 미소를 잔뜩 머금은 델리의 사람들이겠다.

말없이 건넨 아저씨의 위로는 펄펄 끓던 짜이보다 따듯하고 그 누구의 위안보다 컸다. 나는 그 새벽의 짜이 한 잔으로, 모든 일에 허허 웃고 넘길 수 있는 인도인들의 미학과 문화를 경험했다.

|떠나지 않으면 몰랐을

베트남에 가기 전 나는 편견이 있었다. 우리와 다르게 베트남 사람들은 어두운 피부색을 가졌으며, 촌스럽고, 날씨는 찜통 속에 들어가 있는 듯 더울 거라는 것이었다. 따라서 동남아의 첫 시작 국가인 베트남 하노이로 들어왔지만, 크게 기대하진 않았다. 그런데 그 편견은 도착 직후 모두 깨졌다.

"이 거리에서 내가 제일 까만 것 같아!"

"도대체 왜 이렇게 추운 거야?"

젊음의 거리엔 예쁘고 멋진 청년들이 많았다. 장기여행으로 행색이 추레한 내 모습이 창피했다. 어제까지 히말라야에 있었는데도 쌀랑한 저녁 바람을 이기지 못하고 결국 물 빠진 경량패딩을 주워 입었더니 더욱 그랬다.

또 한 가지 편견은 베트남 음식에선 냄새가 나, 나와 맞지 않는다는 것이었다. 나는 한국에서 한 번도 쌀국수를 먹지 않았다. 특유의 냄새가 싫어 가게 앞을 지나갈 때 코를 막아야 할 정도였다.

하노이 거리는 요란했다. 활기차다는 느낌보단 요란하다는 표현이 맞았다. 작은 상점들이 다닥다닥 즐비했고, 즐기러 나온 사람들은 셀 수 없이 많은 오토바이와 한데 섞여 북적였다. 사람과 오토바이를 피하기 위해선 서너 걸음마다 한 번씩 비켜서야 했다.

불편하게 골목을 걷고 있을 때 따뜻한 냄새가 코를 간질였다. 사람들이 목욕탕 의자에 쭈그려 앉아있었고, 그 앞엔 소꿉놀이를 할 때나 쓰일 법한 작은 테이블이 있었다. 인도를 막아선 정체가 무엇인가 했더니 쌀국수 가게였다. 'PHO' 간판 대신 세워진 갑판이 있었다. 날은 차가웠고 허기도 졌다. 홀린 듯이 사람들 틈을 비집고 빈 의자에 살짝 엉덩이를 들이밀었다. 그리곤 겁 없이 덜컥 쌀국수 하나를 주문했다. 생애 첫 쌀국수였다.

맹한 물에 국수 가락을 빠뜨려 놓은 것 같은 음식이 나왔다. 김이 모락모락 올라오는 이 희멀건 쌀국수에서는 삼계탕에서 날 법한 향이 났다. 그런데도 먹기엔 조금 망설여졌다.

'나는 분명 쌀국수를 싫어한다고.' 이제야 제정신이 든다.

국자처럼 꺾인 차가운 숟가락을 들고 면발을 한참이나 휘휘 돌렸다. 그러다 조심스레 국물을 한 모금 먹었다. 오래 우려낸 것이 분명했다. 진하고 풍미가 깊은 국물은 정말 신세계였다. 웬만한 사골 국물은 이 쌀국수에게 걷어차이고도 남을 것이 분명했다. 평소 짜게 먹는 내 입맛을 어떻게 알고 맞췄는지 간이 딱 맞았고, 기름이 떠 있는데 조금도 느끼하지 않았다. 숙주 고명의 아삭함과 대충 찢겨 들어간 닭고기 살이 그 맛을 더 했다. 톡톡 쉽게 끊기는 쌀 면도 식감이 나쁘지 않았다.

나는 쌀국수에 완전히 반해버렸다. 좁고 낮은 의자에 앉아 동그랗게 허리를 말고 그릇에 코를 담근 채 금세 한 그릇을 비워냈다. 이게 1,500원이라고? 미쳤어!

베트남의 무비자 기간을 채우는 동안 나는 매일 쌀국수를 먹었다.

내가 계획한 대로 순탄한 여행을 하게 되었더라면, 혹은 진우를 만나지 않아 방향을 틀지 않았더라면 베트남에 들어오지 않았을지 모른다. 그리고 만약 그렇다면 '진짜 쌀국수'의 맛을 영원히 알지 못하고, 여전히 쌀국수 가게를 지나갈 때마다 코를 틀어막았을지 모른다.

그들은 우리와 다를 게 없었고, 동남아의 겨울도 북쪽이라면 매섭게 추웠다. 그리고 지금 내가 가장 좋아하는 음식은 쌀국수가 되었다.

| 여행을 일상처럼

아침잠이 없어 늘 먼저 일어난다. 가벼운 문고리를 양손으로 잡고 온 힘을 다해 연 후 발꿈치를 들고 테라스로 나간다. 그가 깨선 안 된다. 갑자기 다른 세상에 들어온 듯 빵빵, 차 소리에 화들짝 놀라 뒤를 돌아본다. 그는 여전히 눈을 감고 있다.

안경을 끼지 않아 조금은 흐릿하지만, 어제 제대로 보지 못했던 알록달록한 집들을 보고 사람들의 움직임을 쫓는다. 장거리를 손에 들고 느리게 걷는 노부부는

"새해엔 지출을 조금 줄여봐야겠어."

혹은

"올해는 담배를 좀 끊어보는 게 어때?"

같은 일상적인 대화를 하고 있을지도 모른다.

목욕탕 의자에 허리를 굽히고 앉아 쌀국수를 먹고 있는 모녀는

"이 집 쌀국수 맛이 변했네."

 혹은

"양이 적어진 것 같지 않아?"

 같은 가벼운 이야기를 나누고 있을지도 모른다.

 그들에겐 일상이지만 나에겐 일탈이다. 반복되는 일상에서 낭만을
찾아내기란 쉽지 않지만, 자신의 일상을 지켜보는 누군가에겐 그것이
낭만이 될 수 있다. 이른 아침 하늘에 뜬 희미한 달도 나에겐 새롭다.
그것은 여행이 주는 소소한 선물이었다.

| 열병

전날부터 이상하게 앓았다. 트레킹 탓도 아니고, 3,500원짜리 숙소에서 한 찬물 샤워 때문도 아니었다. 앓아누웠다. 배가 고팠다. 소변이 마려웠다. 콧물로 코가 막혀 입으로 숨을 쉬는데 목이 건조해져 자꾸만 기침이 나왔다. 아팠다. 열병은 나를 외롭게 했다.

"괜찮아? 많이 아파 보이는데."

같은 방을 쓰는 네덜란드 커플이 따뜻한 차까지 타주며 묻는 말에 나는 표정 없이 대답했다.

"한국에 있는 남자친구가 너무 보고 싶어. 우리 강아지도…."

그들은 이해한다며 고개를 끄덕인다.

아니, 너희는 날 이해할 수 없어.

점점 무기력해지는 나는 그저 쉼표 안에 들어가서 살고 싶었다. 애매하고 알쏭한 글 안에서 죽어버리고 싶었다.

주먹 사이로 빠져나가는 모래처럼, 시든 꽃에서 나는 쓴 향기처럼,
16살 소녀가 앓고 있는 사랑처럼, 시원하고 후덥지근한 8월의 밤처럼,
기억될 수 없는 지나간 보통의 시간처럼, 장롱 속 오래된 니트의 보풀
처럼, 잊힌 가벼운 약속처럼.

아파서.
아니 보고 싶어서.
살고 싶었고, 죽고 싶었다.

| 너 지금 행복해?

"너 지금 행복해?"

오랜만에 연락이 온 친구에게서 이런 질문을 들었다.

삼포세대인 우리는(요즘은 오포를 넘어 칠포세대까지 갔단다.) 사실상 세 가지보다 더 많은 것을 포기하며 살아가고 있다. 친구는 그 질문과 함께 이런 말을 남겼다.

"나는 행복을 포기하니 살아져."

요즘의 우리에게 '행복한 삶'이란 '소리 없는 아우성'이나 '평화를 위한 전쟁' 같은 모순적인 말과 일맥상통하는 것인가 보다.

고민 끝에 내가 고른 대답은 "나는 삶을 포기하니 행복해졌어."였다.

여행은 일상이 될 수 있을까?

나는 경제활동을 일절 하지 않고 있으며, 눈을 뜨면 생활에 필요한 모든 것을 짊어지고 어제와 다른 풍경 속으로 끊임없이 움직인다. 이

것이 나의 삶이 될 수 있을까?

뮤지컬이 하고 싶어 노래와 연기를 배우러 다닌 적이 있다. 어렵게 들어간 학교를 휴학하고 쇼핑몰을 운영했고, 국가고시를 앞두고 유럽 행 비행기 표를 샀다. 1년 휴직을 주겠다던 직장을 단칼에 그만두고 세계여행을 떠났다. 나는 평범과 비평범의 범주를 신나게 왔다 갔다 하며 나의 현재가 행복한지 살폈다. 그런데 안타깝게도 대부분 불안정한 일을 할 때 더 행복했다.

방금 담근 겉절이 김치에 칼국수 한 그릇만 먹는다면 더 바랄 게 없겠다는 생각이 든 요즘은 행복이란 참 쉽고 간사한 것일 수 있다는 생각이 들었다.

좋아하는 사람들과 좋아하는 곳에 가고, 좋아하는 영화를 보고 터덜터덜 집으로 돌아와 엄마의 김치찌개를 먹을 수 있다면, 그걸로 충분히 완벽한 하루가 완성된다. 일상에 차고 넘쳐나는 행복을 쏙쏙 찾아낼 능력이 있었다면 나는 여행을 오지 않아도 괜찮았을까.

나는 행복을 포기하지 않고 살아갈 수 있을까. 우리는 삶을 포기하지 않고도 행복할 수 있을까.

|하루만 존재하는 나라

유럽에서 방문한 도시만 해도 40개가 넘었다. 특별한 랜드마크나 인연이 된 사람, 입맛에 꼭 맞던 음식과 우연히 마주한 친절, 괜스레 품었던 낭만 등을 제하고 나면 모두 비슷했다. 그러니 내가 열두 번째 유럽국에 들어섰을 때 가장 먼저 한 말은 "지겨워."였다.

빌뉴스에 도착할 때까지도 기분이 썩 좋지 못했다. 리투아니아도 유로 화폐를 사용하면서부터 물가가 조금 오른 상태였다. 붉은 벽돌로 완성된 골목들은 하나도 특별해 보이지 않았다.

도시 전체를 걸어 다닐 수 있는 이 작은 수도에서 기꺼이 길을 잃기로 했다. 빌뉴스에 대해 딱히 아는 정보가 없었던 것이 이유이기도 했다. 그리고 나는 앨리스처럼 갑자기 이상한 나라에 들어섰다.

우주피스 공화국. 그곳의 이름은 우주피스 공화국이었다. 지도에도, 국제사회에도, 어디에도 없지만 분명하게 존재하는 나라였다. 내가 방금 건너온 다리가 리투아니아와 우주피스 공화국의 국경이었다.

우주피스 공화국에는 7천 명의 국민이 사는데, 그들의 직업은 대부분 예술가였다. 예술가들이 만든 장난감 같은 나라라니! 정말 재미있었다. 대사관의 역할을 하는 건물 벽면에는 여러 언어로 된 헌법안이 붙어있었다. 하나씩 그 조항을 뜯어보니 저절로 미소가 지어졌다.

'모든 사람은 빌넬레 강 주변에 살 권리가 있고, 빌넬레 강은 모든 사람 주변으로 흐를 권리가 있다.'고 시작되는 이 헌법은 모든 사람에게 게으를 권리, 사랑할 권리 등이 있다고 말한다. 심지어 개가 개일 권리, 고양이가 주인을 사랑하지 않을 권리 등도 적혀 있었다.

그 중 가장 마음에 드는 헌법은 '모든 사람은 실패할 권리를 가진다.'였다. 와! '넌 꼭 잘 될 거야. 다 좋아질 거야.'라는 말 대신 '잘 되지 않아도, 실패해도 괜찮아.'라고 말해주는 나라라니. 한 번쯤은 꼭 살아보고 싶어졌다.

우주피스 공화국은 매년 4월 1일 국경에 보더가 설치된다. 해리포터의 학교인 호그와트행 열차를 타는 시간에만 9와 4분의 3승강장이 열리는 것처럼, 우주피스 공화국은 딱 하루 동안만 존재하고 사라지는 나라였다.

우주피스 공화국이었고 우주피스 공화국이 될, 오늘은 빌뉴스인 여기는 아기자기하고 익살스러웠다. 집집마다 우주피스의 국기를 걸어두었고, 바닥에는 우주피스의 상징인 손바닥 자국이 있었다. 가게의 주소는 모두 우주피스로 적혀있었다. 이 사랑스러워 미치겠는 나라에 도착했을 때, 나는 내가 이렇게 멋진 곳에 와있다며 여기저기 자랑을 늘어놓았다. 여행을 하며 한 번도 해본 적 없는 유치한 행동이었다.

내가 우주피스를 간 날짜는 3월 29일이었다. 그러니 사흘 후면 20주년을 맞이하는 우주피스 공화국이 보더를 설치하고 성대한 파티를 열어 나를 맞이할 게 분명했다. 여행의 일정이 자유롭고, 가진 건 시간뿐인 나는 충분히 그 날짜까지 이 도시에 머무를 수 있었다. 혹 한 달이 남은 시점이었다 한들 나는 버티고 우주피스의 개방을 기다렸을 것이다.

하지만 나는 4월 1일을 하루 앞둔 3월 31일 폴란드로 떠났다. 4월 1일까지 기다려보라며 함께 들떴던 친구들은 개방 직전에 폴란드로 떠난 나에게 괴짜라며 혀를 내둘렀다.

더는 나를 행복하게 할 수 없었던 유럽 대륙을 다시 찾아야만 하는 핑계를 하나 만들어둔 것이었다. 덕분에 나는 아직도 유럽을 생각하면 가슴이 두근거리고 설렌다. 유럽을 한 번 더 방문해야만 했다. 갔지만 가보지 못했고, 보았지만 보지 못한 우주피스 공화국에 진정으로 가볼 그날을 꿈꾸며 나는 또 여행을 떠날 준비를 해본다.

예쁜 것은
다 너를 닮았다

|찰랑이던 물의 온도

과거는 과거에 머물지 않는다.

주말에 마신 술이 화요일까지 회복이 안 된다는 것부터

20대의 절반이었던 그 사람이 현재 나의 연애관에 영향을 주고 있다
는 것,

성적에 맞춰 생각 없이 선택했던 전공이 내 밥벌이를 맡고 있다는 것,

어릴 적 겪었던 아픈 기억이 내 성격을 형성하고 있다는 것까지.

과거는 현재와 긴밀하게 이어져 있다.

내가 종종 일기를 쓰는 이유도 그 때문이었다. 미래에 살고 있는 나
를 위해 오늘을 기록했다. 기록을 하고 나면 나의 하루는 왠지 더 특
별해졌다.

내가 하는 이 여행이 과거가 되었을 땐 미래의 나에게 어떤 영향을

미칠까. 오늘 하는 이 여행이 좋은 자양분이 되기를 바란다. 따라서 나는 오늘의 내가, 오늘의 여행이 좀 더 빛나길 소망한다.

　모르스키에오코 호수의 찰랑이던 물의 온도와 숙소에서 나던 꿉꿉한 냄새, 눈부시도록 푸르던 나무숲과 그 안에서 듣던 빗소리가 미래의 나에게 거름이 되기를.

|예쁜 것은 다 너를 닮았다

지나가는 옷깃이 조금이라도 무심하기만 하면 찢기는 약한 마음이 지겨워서 외롭기로 작정했던 때가 있었다.

품에 안고 허리를 쓰다듬던 가장 가까웠던 친구와 남이 되고, 껍질 까진 내 마음의 알맹이를 쥐고 있던 사랑이 나를 내팽개치자 나는 가 시를 갈아 마음에 달았다.

내가 선택한 외로움이었고, 자처한 고독이었다.

너를 만나고도 고개를 저었던 이유가 이것이었다. 하지만 나는 이 뾰족한 갑옷이 부드러운 눈빛 하나에, 따뜻한 말씨 하나에 녹아내릴 것이란 걸 알고 있었다.

그러니 나는 늘 너를 생각했다. 내 가시를 하나 둘씩 뽑아 결국은 알량한 나신을 가져간 너를 생각하지 않을 수 없었다.

예쁜 것을 보면 더욱 네 생각이 났다.

내 마음이 유별한 게 아님을 알면서 감추지 못한 나는 낭만이 아니라 주책이겠지만, 이 아름다운 풍경 속에서 나는 너에게 진심을 전해야 했다.

예쁜 것은 전부 너를 닮았다.

여자 혼자 여행해도 괜찮아요?

"여자 혼자 여행해도 괜찮아요?"

여행을 하는 동안 가장 많이 들어온 질문이었다.

밤늦게 돌아다니지 않는다. 중요한 물건은 늘 품에 지닌다. 적당한 경계를 늦추지 않는다.

이 세 가지는 내가 여행을 하며 지켜온 최소한의 철칙이었다. 사실 나뿐 아니라 혼자서 여행한다면 누구라도 지켜야 하는 너무도 당연한 것들이었다. 우리는 당연한 것들을 꽤 많이 간과하고 살아간다. 이 규칙도 긴 여행을 하면서 가끔 놓치기 마련이었다.

모쪼록 저 질문의 요지는 이것이었다. '여자' 혼자.

불빛이 없는 밤의 골목길을 혼자 다니는 것은 성별과 관계없이 위험한 일임이 분명했다. 하지만 남성보단 내가, 누군가에게 위협이 되지 않는 존재일 확률이 훨씬 높았다. 때문에 나는 여성이라는 이유로 여성이 대상이 되는 범죄에서 스스로를 지켜내야 했다.

가끔은 타들어 갈 듯한 더위에서 온몸을 꽁꽁 휘감았다. 어떤 땐 저녁식사를 포기하기도 했다. 달마다 생리가 터지면 체력과 청결이 타협 가능한 선에서 불편하게 해결했다. 낯선 사람의 노골적인 희롱을 무시하는 것도 일이었다. 짧은 바지를 입은 날엔 두어 번의 휘파람 소리를 들었고, 중국 여자아이라는 의미인 "치나!" 소리는 환청까지 들리는 수준이었다. 무엇보다, 대화 속의 은근한 뉘앙스를 구분하지 못한다면 완벽한 피해자인 내가 가해의 원흉이 될 수 있었다.

나는 최소한의 규칙을 잊지 않았기에 사고를 당하지 않았다. 하지만 내가 안전하게 돌아왔으니 당신들도 그럴 것이라며 등을 떠밀 자신이 없었다. 그렇다고 치안이 좋다는 한국에서도 무슨 일이 생길지 모르는 마당에, 혼자서 여행하면 어찌 되겠냐며 겁을 줄 수도 없는 노릇이었다.

고민하다 뱉는 나의 대답은 늘 이것이었다.

"밤길과 골목길을 피하시고 언제나 적당한 경계를 품고 다니세요. 여성이라는 이유로 여행을 포기하지 마세요. 우리도 행복할 권리가 있습니다."

예쁜 것은
다 너를 닮았다

|무너지는 시간 속으로

처음 여행을 계획할 때는 물론이거니와, 내 평생 단 한 번도 캄보디아를, 그러니까 앙코르와트를 가고 싶다고 생각해 본 적이 없었다. 역사나 유적지에 문외한인 나라서 앙코르와트가 무엇인지 몰랐다. 게다가 그 더운 나라에서 오래된 돌덩이를 보자고 값비싼 입장료를 낼 생각은 추호도 없었다.

"아시아에서 보고 싶은 건 앙코르와트밖에 없어."

내가 진우를 따라 아시아로 넘어가겠다고 선언했을 때, 그는 이렇게 말했다. 나는 어색한 표정을 들키지 않도록 서둘러 "어, 나도야."라고 대답했다.

악명 높은 캄보디아 국경에서 소문대로 입국을 위한 수수료 3달러를 지불해 영 탐탁지 않았다. 뿐만 아니라 2월 1일부터 앙코르 유적지의 입장료가 두 배 가까이 올랐다는 소식을 접했다. 내가 캄보디아에 도착한 건 2월 2일 이른 아침이었다. 작년, 내년도 아니고 심지어 1월부터도 아닌 어제부터라니. 갑자기 인상된 입장료를 감당해내기가 힘들어 사흘짜리 입장권을 사려던 계획을 하루짜리로 변경했다. 한나절을 꼬박 뒤져 우리의 발이 되어줄 툭툭이 한 대도 저렴하게 구했다.

별 기대 없이 들어선 유적지인데도 나는 입을 다물 수가 없었다. 늪지를 단단한 땅으로 만들어 낸 것부터 높게 쌓아 올린 건물, 정교한 벽화와 조각, 넓고 깊게 파낸 해자까지…. 산 넘어 돌을 나르고, 가져와 올리고 쌓기를 몇 번 반복하면 한 생이 끝나는 그 작업으로 탄생한 앙코르 유적지는 어마어마했다. 긴 시간 동안 숱한 햇빛과 비바람을 맞으며 패이고, 삭고, 어두워졌다. 가까이 다가갈수록 대지를 누르고 하늘을 받드는 석조건물의 육중함이 고스란히 느껴졌다. 벽화와 조각은 너무 세밀해서 살아 움직이는 것처럼 생생했다. 그 시절의 사람들은 도대체 무슨 신념으로 이걸 만드는 데 목숨을 바쳤단 말인가. 인간이란 얼마나 대단한 집념을 가진 존재인지, 그들에 대한 경외심마저 들었다.

하루 입장권으로 택도 없었던 이유는 유적의 규모가 아닌, 극심한 더위에 있었다. 질끈 묶었는데도 이마에, 볼에 붙는 머리카락을 손으로 계속해서 떼어냈다. 쫄티처럼 달라붙는 셔츠를 가슴팍이 드러나는 것도 개의치 않고 열어젖혔다. 걸음을 뗄 때마다 앓는 소리가 흘러나왔다. 정수리가 뜨겁다 못해 타는 냄새가 나는 것 같았다. 그러나 상대는 오늘이 지나면 입장권이 만료돼 다시 발을 디딜 수 없는 앙코르 유적지였다.

날이 덥고 시간이 적으니 오히려 차분해졌다. 어차피 벽화 하나하나를 자세히 뜯어본다면 한 달은 족히 걸릴 크기였다. 고개를 돌리는 것도 힘에 부쳐 생각마저 지웠다. 그러자 유적 외의 다른 것들이 또렷이 들어왔다. 세월에 무너지는 인간의 집념이었다.

나는 언제나 세상의 모든 이치는 과학으로 밝혀낼 수 있고, 자연은 결국 인간에게 패배할 것이라 믿는 그릇된 문명 신봉자다. 그런데 이곳에서 인간의 신념과 집념으로 완성된 엄청난 유적지가 자연에게 자리를 내어주는 모습을 보았다.

앙코르와트는 조금씩 무너지는 중이었다. 그 무너지는 사원을 거대한 스펑나무가 감싸 안고 있었다.

예쁜 것은
다 너를 닮았다

| 책임감의 무게

초등학교 6학년 때 저금통에서 오천 원짜리 한 장, 천 원짜리 다섯 장을 꺼냈다. 가장 친한 친구의 생일파티에 참석하며 삼천 원짜리 필기구 세트를 사 들고 갔던 것에 비하면 큰돈이었다. 나의 첫 번째 애완견을 분양받으러 가는 길, 동전만 하게 접혀있던 지폐를 양손으로 꾹꾹 누르고 밀어가며 펼쳤다. 처음으로 지불한 책임감의 대가였다.

대학교를 휴학하고 쇼핑몰을 운영했다. 아르바이트를 했지만 벌어둔 돈이 부족해 엄마에게 삼백만 원을 빌렸다.

"반 년 안에 두 배로 갚을게!"

그 말에 대한 책임 역시 오롯이 나에게 있었다. 하지만 결국 강아지의 목욕과 운동, 끼니를 책임진 건 부모님이었다. 쇼핑몰은 망했고, 나중에 일자리를 구해 원금만 돌려드릴 수 있었다.

치약을 다 써갈 즈음엔 언제나 새로운 치약이 꺼내져 있었다. 그렇기에 치약의 마지막을 짜내는 일이 이토록 힘이 드는 것인 줄 알지 못했다. 냉장고엔 늘 음식이 채워져 있었으니 텅 빈 냉장고를 채우는 게 이렇게 어려운 일인 줄 떠나기 전엔 전혀 몰랐다. 아침에 일어나 입고 싶은 옷을 찾으면 어김없이 깨끗이 빨려있는 걸, 친구들과 놀고 밤늦게 들어 왔을 때 어질러 놓았던 방이 깨끗이 치워져 있는 걸, 너무도 당연한 일로 여겼다. 장롱 속에서는 내 생리대가 자동 번식하는 줄 알았고, 욕실의 샴푸 통은 저절로 무한리필 되는 줄 알았다. 엄마를 마법사, 혹은 슈퍼 히어로쯤으로 알았다.

일 년 반 동안 여행을 하면서 다 쓴 치약과 샴푸 통을 처음 내 손으로 버려보았다. 마트에 가서 가격 비교 후 장을 보고, 피곤해도 아침에 밥을 차리고, 빨래를 하고 침대를 치웠다.

20대 중반이 될 때까지도 친구들과 외박 한 번 하려면 일주일이 넘도록 눈치를 봐야 했다. 집에서 김치찌개 한 번을 끓여본 적이 없었고, 세탁기도 돌릴 줄 모르는 딸이었다. 그랬던 내가 매일 밤 새로운 곳에서 혼자 잠이 들고, 스스로 요리를 하고 쭈그리고 앉아 속옷을 빨아냈다.

자유는 혀가 얼얼할 정도로 달았고, 책임은 몸이 부서질 듯이 무거웠다. 나 자신을 책임지는 하루하루를 보내야 했다.

선택은 쉽고 가벼웠다. 행복해지고자, 아무것도 하지 않고 행복만 해보고자 떠나온 여행이었다. 그리고 그 깃털 같은 선택에 따라오는 책임은 납덩이처럼 나를 짓눌렀다.

　내가 누군가의 잣대에 휘둘리지 않고 내 삶을 결정하는 주체성을 가지게 된 것은, 나 자신에 대한 책임감 때문이었다.

　내가 내 삶을 책임지게 되자 나는 자유로워졌다.

예쁜 것은
　　다 너를 닮았다

| 나보다 더 소중한

나는 여행을 사랑했다.

내가 가족을 사랑하듯 좋아하는 음식을, 좋아하는 영화나 노래를 사랑하듯 여행을 사랑했다.

나는 스스로가 사랑이라는 감정에 냉담한 사람이라고 믿었다. 사랑에 목숨 거는 사람들을 보면서, 그게 도대체 뭐라고 무모한 행동을 하는지 이해할 수 없다며 혀를 찼다.

나와는 한 발짝쯤 떨어진 단어가 사랑이라고 생각했다. 사랑이라는 단어는 매우 흔하고 가볍게 사용될 수 있으면서 좀처럼 입 밖으로 나오지 않는 무거운 단어였다. 진부하기도 하고 사치스럽기도 했다. 자연스럽기도 했지만 몹시 어색하기도 했다.

그랬던 내가 그를 동경하고, 존경하고, 아껴주고, 소유하고, 미워하고, 궁금해 하고, 그리워하고, 아쉬워하고, 걱정하고, 동정하고, 포용

했다.

 나는 여행을 사랑했다.

 하지만 그 사랑은 내가 그를 생각하는 마음에 조금도 비할 바가 되지 못했다.

 그러니 그가 내 곁을 떠난 이후로 여행을 지속하는 것이 행복하지 않았다.

 나의 귀국 계획은 지금으로부터 1년 후였다. 그것은 너무 이상적인 루트이고 실현 가능한 일정이었다.

 하지만 수차례 다짐하고 계획했던 많은 일정을 미뤄두고 한국으로 왔다. 그가 떠난 지 반년만의 일이었다. 엄청난 항공료를 치러야 했지만, 내가 행복하지 않은 일은 하고 싶지 않았다.

 나에겐 여행보다, 나보다 더 소중한 것이 있었다.

|좋은 사람이 더 많은 세상

상파울루 공항에 도착한 건 밤 11시였다. 나는 곧장 이구아수 마을로 가려고 했기 때문에 도시로 나가지 않고 공항에서 노숙했다. 사실 상파울루를 구경할 계획이 있었다고 한들 숙박비를 아끼기 위해 공항 취침을 선택했겠지만. 공항에는 손잡이가 없는 의자가 많아 편하게 누울 수 있었다. 의외인 건지 그래야만 하는 건지, 공항 내에 경찰도 많았다. 아침 8시, 한 시간짜리 공항 와이파이를 알차게 이용하고, 이구아수 마을까지 갈 수 있는 버스터미널로 향했다. 버스터미널까지 갈 수 있는 가장 저렴한 방법은 지하철이었다. 공항 옆에 붙어있는 지하철 매표소 부스는 총 3개였는데, 모두 유리창이 깨져있었다. 여행을 다니며 대략 파악한 게 있다면, 그 도시의 유리 조각 수는 치안과 반비례한다는 것이었다. 나는 바싹 긴장하며 지하철에 올라탔다.

하필이면 아침 출근 시간이라 지하철엔 사람이 너무 많았다. 내 배낭이 크고 무거워 보였는지, 젊은 청년은 문 구석 자리로 나를 세워주며 웃었다. 자신의 나라에 여행 온 동양인에게 어쩌면 당연했을 배려였지만 정말 고마웠다. 수줍게 "오브리가도."라고 말하며 페루에서부터 가져온 초콜릿 하나를 건네자 청년은 따뜻하게 웃으며 손사래 쳤다.

상파울루에서 이구아수 마을까지 거의 15시간이 걸렸다. 숙소에 도착하자 늦은 밤이었다. 브라질에 도착한 지 사흘 만에 숙소에 들어온 셈이었다. 당연히 종일 아무것도 먹지 못했다. 호스텔 부엌은 이미 잔치판이었다. 가스 불 네 개 중 하나는 망가졌고, 세 개는 사용 중이었다.

라면 하나를 들고 20분을 기다렸다. 이 부엌에서 가장 작은 사람인데도 내가 앉을 자리가 없어 똥 마려운 강아지처럼 주변을 서성거렸다.

"야, 노란 사람 기다린다. 중국인이라 누들 먹는다."

그리고 그들은 나를 보며 이런 말을 던졌다.

차별은 굳이 여행을 떠나지 않고도 경험할 수 있다. 성차별 지역차별 등 약자 차별이 난무한 곳에서 유야무야 살아가다 보니 사실 이것도 기분 좀 상하는 정도로만 여겨졌다. 따지고 들 만큼 그다지 화가 나지도 않았다. 상대가 멍청해서 일어난 일에 멍청하지 않은 내가 구태여 상처받고 싶지 않았다.

10년을 넘게 배워 온 영어도 잘 몰랐으니 진우를 꼬시려고 억지로 잠깐 공부했던 스페인어는 더욱 몰랐다. 게다가 여기는 브라질이었고, 모국어가 스페인어도 아니었다. 아는 포르투갈어라곤 정말 '오브리가

도'뿐이었다. 그런데, 어째서 저런 말들은 또렷이 들릴까. 왜 또 완벽하게 해석이 되어버리는 걸까.

나는 손에 들고 있던 라면을 쓰레기통에 던지고 방으로 돌아왔다. 부엌에서 멀리 떨어진 방이었지만, 시끄러운 대화 소리가 그대로 귀에 와 닿았다. 놀랍게도 이제는 한마디도 알아들을 수 없었다.

모든 인종차별에 열을 냈다면 이토록 긴 여행은 맥이 빠져 하지 못했을 수 있다. 먼저 온 나를 못 본 척하며 다른 손님의 주문만 받던 모로코의 노점상에서, 서양인의 테이블엔 없던 유료 빵 바구니를 자연스레 올려놓았던 스페인의 식당에서, 어설프게 말하는 나에게 빠른 질문을 퍼부으며 답답해하던 캐나다의 카페에서 나는 그저 자리를 피해야만 했다.

하지만 언제나 명백한 건 세상엔 좋지 않은 사람보다 좋은 사람이 더 많다는 것이다.

날 대신해 주문을 넣어주던 모로코의 아주머니, 빵값을 낼 수 없다는 나의 편에서 함께 화내주던 스페인의 할아버지, 더듬거리는 나에게 다시 한번 천천히 말해주던 캐나다의 다른 아르바이트생. 언제나 좋은 사람은 곁에 있었다.

어쩌면 지하철에서 만난 청년과 지금 이 숙소 부엌에 있는 청년도 친구일지 모른다. 호스텔에서 중국인을 봤는데 라면을 먹더라, 지하철에서 동양인을 봤는데 배낭이 자기 몸만 하더라. 같은 말을 주고받

예쁜 것은
다 너를 닮았다

으며 함께 웃을지도 모를 일이다.

　그저 따뜻한 친절만을 기억하고 감사히 여길 뿐 소중하지 않은 사람이 주는 상처로 소중한 내가 감히 흠집이 나선 안 된다.

　나는 주머니에서 반쯤 벗겨진 초콜릿을 꺼내 천천히 녹여 먹으며 억지로 잠을 청했다.

|사랑이라는 건

진우는 손톱달을 좋아했다.

나는 손톱달이 뜰 때면 진우가 어디에 있든 달려가 손톱달이 떴다며 하늘을 보게 했다.

한 달에 두어 번은 꼭 만날 수 있는 얄따란 달을 보며 때마다 예쁘다고 말할 수 있는 사람을, 좋아하는 것을 보여주고 싶은 마음으로 급하게 찾는 것.

이것을 사랑 외에 달리 부를 수 있을까.

|사랑

창문 안으로 해가 들고, 쏟아져 들어오는 빛을 받은 먼지들은 진우의 숨결 따라 노선을 바꾸며 춤췄다.

바깥에선 새벽 내 이슬이 내렸고, 추위에 잠 설치며 밤을 헤매던 진우의 수염 위론 깨소금 같은 눈이 얼었다.

세월의 눅눅함이 느껴지는 겨울밤 야간버스에서, 진우가 뱉는 낱말들이 향하는 사람이 이 안에 나뿐이라는 것에 묘한 우월감을 느꼈다.

사랑이었다.

| 서른 즈음

석사를 끝내고, 대기업에 취업해 정석대로 사는 친구에게서 "너도 이제 서른인데, 이제 돈도 모으고 해야 하지 않아? 노후에 고생하지 말고."라는 참견을 들었다. 성수기가 오기 전에 빨리 항공권을 끊어야 한다는 말을 던진 후였다.

"네가 뭔데 내 앞날을 결정하는 거야?"라고 되물으려다, 원만한 대인관계를 위해 "그렇지." 하고 답했다.

사실 나는 1년, 10년, 30년 후의 계획을 세우는 일이 조금 불편하다.

앞일은 늘 유동적이고, 그중에서도 특히 부정적이라고 생각하는 편이기 때문에 아무리 탄탄히 세워둔다 해도 내 계획이 우습게 틀어질 거라 여기기 때문이다.

솔직히 내 또래에 국한되어서가 아닌 정말 대부분의 사람이 고개를 끄덕일 만큼 올곧게, 한 줄로 그대로 이어가며 살고 있는 친구들을 볼 때면 부럽다. 부럽지 않다면 거짓말이다. 질투가 나고, 화가 나기도 한다. 십수 년의 과거로 되돌아간다면 반드시 그렇게 살고 싶다. 꾸준히 공부하고, 열심히 노력해서 좋은 대학에 가고 좋은 회사에 들어가 안정적인 삶을 살고 싶다.

하지만 현생의 나 역시, 삐뚤삐뚤하게 나름대로 점을 이어가며 살고 있다. 그 궤적을 한눈에 볼 수 있는 것도 나고, 컨트롤할 수 있는 것도 나이기에, 남들 눈에 비루해 보일지라도 나는 내가 그린 이 엉망진창의 선이 좋다.

어떤 이들은 갑자기 내 앞에 나타나서는 '걱정'이라는 말로 나의 선에 훈수를 두며 우월감을 느낀다. 혹은 '걱정하는 척'하며 자신의 괜찮을 미래를 확인하며 안도한다. 내가 당신처럼 살지 않는다고 해서 내 인생이 완전히 망해버린 것도 아닌데, 어째서 자꾸만 내 선을 반듯하게 고쳐주려 애쓰는 것일까. 하찮은 내 인생이 전염될 일도 없을 건데.

나도 서른이 되면 진짜 어른이 되는 줄 알았다. 오죽하면 '서른 즈음에'라는 노래도 있으랴. 어떤 시련과 역경에도 흔들리지 않는 강인한 사람이 되어있을 줄 알았다.

나는 서른이 되었다.

허둥대고 고민하고 가난하고 연약한 서른.

서른 살이라는 것은 삼십 년간 들었던 적금을 찾는 느낌일 거라 생각했다.

몹을 때려잡다 보면 레벨이 올라 자동으로 승급이 될 것만 같았다.

그렇지만 십 년 전과 그다지 다를 게 없는 서른.

서른이 어른이라는 건 비슷한 음절을 가진 단어가 자음 하나 달라졌다고 나온 말장난 같은 거겠지.

사실 요즘 같은 백세시대에 또 하루가, 머물러 있지 않은 청춘이, 점점 멀어져가는 게 무슨 대수랴.

그냥 꾸준히, 나랑 더 친해지고, 내가 그린 선 안에서 덩실덩실 춤이나 춰야지.

저마다 꽃이 피는 시간대가 다르다.

누군가는 두 번씩 꽃을 피우고, 누군가는 일찌감치 꽃을 피우고, 누군가는 놀라울 만큼 화려한 꽃을 피우는 것뿐.

나는 커다랗지 않고 빠르지 않아도 천천히, 작은 꽃이 피는 중일 것이라 나를 자위하며 여전히 준비 중인 푸릇한 잎을 닦아낸다.

앞으로도 내 노력을 배신하는 일쯤은 여러 차례 생기겠지만 그 또한 지나갈 것이고, 별일이야 있겠냐는 믿음마저 나를 배신하진 않을 테니까.

넘어지면 잠깐만 뒤처지고, 짧게 창피해하고 얼른 일어나면 되니까.

상처가 나도 후시딘 살 능력쯤은 있으니까.

|또 한 번 의 밤

수십 번의 밤을 거치며 쌓아놓은 해묵은 감정들을 차근차근 풀다 보면 어김없이 또 한 번의 밤이 갑니다.

비참한 실패까지 나눠가질 누군가가 내 옆에 있다는 걸 생각하면 든든하고 감사한데도, 타인의 작은 실패를 찾아낸 후 웃어야만 속이 편하니 나란 사람은 얼마나 미성숙한 인간인가, 하는 생각 따위를 하느라 하루를 또 보내고 나면 아름다운 풍경도 내겐 지옥이 됩니다.

아주 흔한 단어들의 나열이 문장이 되어 사람의 마음을 울리듯, 작은 진창들이 모여 나를 묵묵히 살게 합니다. 당연히 과거에는 아무 힘이 없다는 걸 잘 알지만, 빛을 잃은 추억은 힘이 되어 온갖 나쁜 생각을 쓸어내어 줍니다.

그러니 오늘 밤도 훗날에 따뜻하게 낡겠죠.

|정문으로 다녀라

이제 막 누군가의 손을 잡지 않고도 아파트 계단을 뛰어오를 수 있는 나이가 된 나에게 아빠는 "너는 늘 정문으로 다녀라." 하고 느닷없이 말했다.

그때는 당연히도 그 말을 이해하지 못했지만, 오히려 조금도 이해하지 못했기에 오래도록 기억에 남아있었다. 조금 더 나이를 먹고 그 순간을 떠올릴 때도 역시, 후문으로 가는 지름길이 있다면 마다할 이유가 없었고, 쪽문으로 일찍 도착만 한다면 문제가 없다고 생각했다.

물론 지금이라고 그 말을 완전히 이해한 것은 아니다. 세상은 모든 일에서, 모든 곳에서, 새치기를 한 사람과 얌체처럼 개구멍으로 쏙 들어간 사람들에게 기회가 주어졌고, 멍청이처럼 뱅뱅 돌아 정문으로 걸어들어오는 사람은 오히려 비웃음당하기 일쑤였으니까.

신권 발권이 안 되어 매일 ATM기 앞에서 줄을 서야 했던 인도의 은

행에서도, 좀 더 긴 여행을 위해 비자를 발급받았던 이집트의 붐빈 시청에서도, 가장 먼저 서 있었던 내가 정신 차려보니 가장 뒤로 밀려나 있었던 모로코의 입국심사대에서도, 얌전히 기다리던 나는 늘 억울함을 느껴야 했다.

그런데 실패가 잦은 내 삶에서 아빠의 문장은 잘도 숨어있다가 적절한 순간마다 튀어나와 나를 위로했다.

괜찮아. 그래도.

괜찮아. 그래도 나는 정문으로 들어왔잖아.

비록 숱한 꼴등을 경험했어도, 나는 늘 정문으로 다녔잖아.

예쁜 것은
다 너를 닮았다

|아프고 더럽고 지친 것들은 모두 미화된다

천장까지 팔을 쭉 뻗어가며 휴대폰을 흔들어보다 결국은 2층에 있는 로비까지 올라왔지만, 와이파이는 잘 터지지 않았다. 동네에 마실이나 가볼까 했지만, 내일 이동을 해야 하니 한 번 훑었던 골목을 다시 걷고 싶지 않았다. 숙소 근처는 어찌 된 일인지 관광객도 현지인도 많지 않았다. 투어로 많이 찾는 도시에서 동행도 없이 혼자 걷는 나는 언제나 시선을 받았고, 그런 시선은 익숙하면서도 언제나 낯설어서 한 번씩 부담이 되었다. 미리 받아둔 이북을 꺼내 읽고 또 읽고, 다시 읽었다. 그리곤 반복해서 글을 썼다 지웠다.

오늘 일어나서 한 일이라곤 조식으로 시리얼 한 그릇과 오이 반쪽을 먹고 시내에 나가 내일 탈 야간버스를 예약한 게 전부였다. 벌써 점심 때가 한참 지났다.

동굴로 지어진 이 숙소에선 석회 가루가 떨어져나왔다. 잠만 자고 일어나면 내 배낭 위로, 개어놓은 옷 위로, 어쩌면 얼굴 위로 하얀 것이 소복했다.

깜빡 비가 내리고 별안간 다시 해가 뜨는 이 어이없는 도시에 고작 나흘 만에 정을 붙였다. 정든 도시가 셀 수도 없게 많아지는 것은 축복인 동시에 혼란이었다. 지금 이 도시 속 나도 정지된 영상처럼 오래도록 내 곁에 남아있을 것이 분명했다.

여행에서 미화되지 않는 고생은 없다. 시간의 간격만 다를 뿐, 해가 지면 혹은 해가 지나면 아프고 더럽고 지친 것들은 모두 미화된다.

얼마나 많은 도시를 뒤로하고, 얼마나 많은 해가 져야 나는 여행과 같은 삶의 태도를 지닐 수 있을까. 고된 것을 감수하고, 힘든 것을 버텨낼 원천은 어디에 숨어있을까.

이 여행이 끝나면 과연 나는 일상에 무너지지 않을 힘을 갖게 될 수 있을까.

|낭만의 도시

어린 나뭇잎이 찰랑이고 늙은 가지가 운다. 유리 같은 빛 조각이 나뭇결을 찌른다.

솔직히 유럽대륙이 나에게는, 다시는 여행하기 싫은 재미없는 여행지였다. 어디를 가도 비슷한 건물. 어디서나 볼 수 있는 미술관과 박물관. 돈까지 지불해야 하는 화장실도 싫었고, 온 도시가 화장실인 양 나는 짜릿한 지린내도 싫었다. 그래서인지 낭만이라곤 없는, 재미없는 나에게 어쩌면 의외로 잘 맞는 곳인지도 모른다.

젊은 커플이 입술을 포개고, 노부부가 눈을 맞추는 곳, 하늘을 잃은 한국과 다르게 구름 한 점까지 잘 짜인 계획 같은 곳에는 정각마다 종소리가 울린다.

메마른 나에게 끊임없이 로맨틱해지라며, 지금은 여행 중이라며 채찍질하는 것만 같은 붉은 프라하에서 나는 한없이 간지럽고 말랑해진다.

|여행에서 무엇을 얼었나요?

어떤 이들은 여행에서 무언가를 배운다고 말한다. 내게도 뭘 얻었냐고 질문을 하는 사람들이 더러 있었다.

정말 여행으로 무언가를 깨닫고 배울 수 있다고 한들 수많은 배움 중에 가장 가성비가 떨어지는 게 여행이다. 학업이나 어학연수, 유학보다 하다못해 여행 전 잠깐 진행했던 전화영어보다 떨어진다. 돈과 시간을 투자한 만큼 내가 얼마큼 성장했고 얼마큼 배웠는지 수치로 증명할 수 있는 사항이 단 하나도 없다. 여행이라는 과목에 시험이 있다고 쳐도 나는 그 시험에 통과할 자신이 없다.

그래서 나는 여행이 '배움'의 항목에 들어가는 것이 불편하고 괴상하다.

여행은 기껏해야, 알람 없이 내 마음대로 일어나서 사람과 도시를 구경하고, 맛있거나 새로운 걸 먹고, 자주 외롭고 종종 말랑해지는 정

예쁜 것은
다 너를 닮았다

도가 전부다.

　나는 공간부랑자였다. 여기저기, 공간을 옮겨 다니며 떠돌고 있다. 그러다 덜컥 현실로 돌아갈 생각을 하면 썰물처럼 밀려드는 그 얄궂은 허무함과 두려움은 지금 여행하며 느끼는 감흥과 설렘보다 더욱 커지곤 했다. 그럴 때 한 번씩 누가 누웠다 갔는지 모를 꿉꿉하고 좁은 침대에 누워 나는 도대체 무엇을 위해 여행을 하는가 곱씹는다.

　내 인생은 목표를 세우고 그대로 달려간 적이 별로 없다. 파워 P인 사람이라 어차피 목표나 계획이랄 것도 없지만, 그 와중에도 과정에서 자꾸만 새로운 것을 건드려보고 멈춰서 다른 것을 어른다. 나름대로 꼼꼼하게 계획했던 여행루트가 처참히 어그러졌을 때도 무던히, 이거 참 내 여행 같다며 대수롭지 않았다.

　사람들은 삶 속에서 지치고, 삶과 닮은 것에 위로받는다. 그것이 내게는 여행이었을 뿐이었다.

　혹여 이 여행으로 내가 아무것도 배우지 못한다 해도 괜찮았다. 배우지 않아도 괜찮은 작고 짧은 삶이 좋았을 뿐이었다.

　여행의 가장 큰 장점은 잘할 필요가 없다는 거다.

　세상을 비교와 경쟁의 시각에서 보는 못난 나라도, 여행지에선 비교할 건덕지를 찾을 수가 없다. 누가 물건을 더 싸게 샀나, 누가 더 맛있는 식당을 찾았나로 경쟁할 순 없는 노릇이니까.

　백 명의 사람이 같은 곳을 가고, 같은 것을 보아도 느끼고 받아들이고 즐기는 데는 백 가지의 방법이 각자 있다니. 얼마나 쿨하고 아름다운지. 삶과 가장 가까운 위로 중, 이만한 위로가 있을까.

예쁜 것은
다 너를 닮았다

늦은 여름의 단꿈

내가 없는 사이에 우리 집은 이사를 했다. 딸이 이틀 뒤 오는 것으로 알고 있던 엄마는 소식도 없이 일찍 돌아온 나를 보자 우스꽝스러운 보자기로 머리를 둘러싼 채 소녀 같은 비명을 내지르셨다. 자식새끼 하나 보고 서른 해를 살아왔음에도 곧 돌아올 딸에게 예뻐 보이려 퇴근 후 미용실에 다녀오는 길이었다.

만 원 하던 동네 치킨집은 옷가게로 변했고, 작은 카페는 인형 뽑기 방이 되었다. AI로 난리가 난 통에 치킨집들이 문을 많이 닫았고, 요즘 이곳은 인형 뽑기가 유행이라고 했다. 배낭을 풀어 서금서금한 옷 가지들과 땟국물이 흐르는 잡동사니를 정리하고 있자니 내 물건들이 낯설었다. TV를 켜 야구를 보는 데 못 본 새에 유니폼이 바뀌었다.

아, 내가 잠을 참 오래 잤구나.
꿈이었을까.

예쁜 것은
다 너를 닮았다

만약 이것이 꿈이라면 포근해서 조금은 더 꾸고 싶었다.

그것이 꿈이 아닌데도 나는 하늘을 날았고, 세상을 보았고, 물속에 살았고, 사랑을 했다.

너무 아름답고 빛이 나 현실인 것이 믿어지지 않았다.

최형우가 또다시 적시타를 때려냈다는 흥분한 해설자의 목소리와 함께 미몽에서 빠져나온다. 주말이면 엉덩이가 까매지도록 앉아있던 갈색 가죽 소파 위다. 새로 바뀐 기아의 유니폼이 썩 마음에 차지 않는다. 오래된 선풍기가 탈탈탈탈 소리를 내며 돌아간다.

여기는 다시 우물 속이다. 평범하고 지루하지만 나를 살아가게 하는 당연하고 보통인 것이 가득한.

서울은 비가 무섭게 내린다.

나의 짧았던 장마철도 이렇게 지나가고 있다.

예쁜 것은
다 너를 닮았다

초판1쇄 2018년 7월 9일 **개정판1쇄** 2023년 3월 25일 **지은이** 김지영 **펴낸이** 한효정 **편집교정**
김정민 **기획** 박자연, 강문희 **디자인** 화목 **마케팅** 안수경 **펴낸곳** 도서출판 푸른향기 **출판등록**
2004년 9월 16일 제 320-2004-54호 **주소** 서울 영등포구 선유로 43가길 24 104-1002 (07210)
이메일 prunbook@naver.com **전화번호** 02-2671-5663 **팩스** 02-2671-5662
홈페이지 prunbook.com | facebook.com/prunbook | instagram.com/prunbook

ISBN 978-89-6782-184-5 03810
ⓒ 김지영, 2023, Printed in Korea

값 16,000원